HINT

HINT

深夜的電話

藏在細節裡的暗號，小酒井不木的科學主義推理短篇集

小酒井不木 著
侯詠馨 譯

導讀

小酒井不木的少年科學偵探故事

◎林斯諺

台灣推理作家協會成員，迄今出版推理小說十二本，近作為《床鬼》。現為東吳大學哲學系助理教授，研究領域為美學與藝術哲學。

小酒井不木（一八九〇—一九二九）是早期日本推理小說的先驅之一，與日本推理小說之父江戶川亂步（一八九四—一九六五）活躍的時期有所重疊，但比亂步早逝，只活了三十九年。然而，小酒井不木所創作的推理小說至今仍有相當的可讀性，他的作品除了在日本有全集出版之外，台灣也出版過多本短篇合集。

小酒井不木本身是醫學博士，除了撰寫推理小說，也出版過醫學與犯罪學方面的書籍，在他的小說中大量運用了相關方面的知識。這本少年科學偵探塚原俊夫的探案故事便是最佳例證。

在詳細介紹本書之前，我們必須理解小酒井不木在推理小說史上的位置。世界上第一篇嚴格意義的推理小說被公認是美國詩人艾德格•愛倫•坡（Edgar Allan Poe，一八〇九—一八四九）於一八四一年發表的短篇〈莫爾格街謀殺案〉（The Murders in the Rue Morgue）。坡一生總共發表了五部短篇推理小說，這五篇小說被江戶川亂步認為是推理小說的指標性作品，奠定了推理小說創作的基本框架，後世作家只能在這個框架中演練。亂步對坡的推理作品十分讚賞，自己則在一九二三年發表處女作〈兩分銅幣〉，被認為是日本第一篇嚴格意義的推理小說，亂步也因此被公認是日本推理小說之父。當時亂步投稿的雜誌是《新青年》，這本雜誌同時也刊登小酒井不木關於犯罪學方面的文章。小酒井不木對〈兩分銅幣〉大為讚賞並撰文推薦，日後自己也開始撰寫推理小說，在一九二五年發表處女作，直到一九二九年過世，創作以短篇為主。

在二十世紀初期，推理小說剛從西方傳入日本，彼時日本推理作家受到愛倫•坡的影響甚深。坡所樹立的推理小說型態重視解謎，視科學、理性以及邏輯為作品的首要前提。我們或許可以將早期的推理小說稱為是崇尚「科學主義」的小說。亦即，作品的重點在於如何利用科學方法與邏輯思考解開神祕事件，強調智性的層面。小酒井不木的少年科學偵探系列，便是在如此的時空背景下誕生。本書不只在精神上具備科學主義，更進一步將科學拉到檯面上成為作品的賣點，成為科普性質的少年推理小說。這對具備醫學背景的小酒井不木來說，是順理成章的創作方向。

所謂的少年推理，主要是把讀者設定為青少年族群，因此內容必須具備適齡性。在日本，江戶川亂步就是少年推理最重要的推手之一，他系統性地撰寫了一系列以名偵探明智小五郎為主角的少年推理作品（要注意的是，明智小五郎也活躍於亂步其他給成人閱讀的推理作品）。然而，明智小五郎是成年人，小酒井不木筆下的科學偵探塚原俊夫年紀只有十二歲，在人物設定上更貼合閱讀受眾。

本書共收錄十一篇塚原俊夫的探案故事，根據第一篇〈紅色的鑽石〉中的敘述，俊夫是個天才兒童，六歲時就自行發現三角形內角和為一百八十度，對於文學、科學都有興趣，但對後者興趣更高一些，後來父親還為他蓋了一座實驗室，讓他可以自行進行科學研究。

本書少年偵探的相關人物設定，完全符合早期科學主義的推理小說模式。除了有天分過人的名偵探，還配有一名助手，而這名助手就如同福爾摩斯探案中的華生醫師，除了協助福爾摩斯辦案，也是故事的第一人稱敘事者。在本書中，擔當助手角色的是具備柔道三段資格的大野先生。由於福爾摩斯本身就身手矯健，並不需要華生來保護他。然而，俊夫只是個兒童，無法獨自一人進行有危險性的偵查工作，這時大野就要負責俊夫的安全，很多時候甚至必須跟歹徒拚搏。這種設定也讓助手起到了相當的作用，而不只是成為一名智力比偵探低下的陪襯角色。

另一個與早期推理小說人物設定相符的部分就是警方所扮演的角色。由於早期推理小說的破案角色都是天才的業餘偵探，若無法在故事中置入與其友好的警方人物，將無法解釋為何業餘人士可以介入罪案。本書中安排的警察角色是警視廳的小田刑警，被俊夫暱稱為「P叔叔」（P為police——警察——的起首字母）。小田不但與俊夫熟稔，還會配合俊夫的指示進行偵查，甚至向上級申請允准俊夫介入罪案，讓他可以在案發現場來去自如。

一般說來，少年推理的內容會盡量避開凶殺情節，以偷竊、綁架等不傷及性命的犯罪為主（江戶川亂步的少年推理多走這路線）。然而，在本書的十一個短篇中，只有三篇沒有涉及凶殺，這三篇中有兩篇是竊案（〈紅色的鑽石〉、〈暗夜的格鬥〉），一篇是綁架（〈塵埃會說話〉）。也許是因為小酒井不木具備醫學訓練，慣於面對與思考生死之事，認為在少年推理中導入凶殺情節並無不妥。再者，短篇作品為求千變萬化，若都是以竊案或綁架為題材也容易流於枯燥，因此俊夫在本書中足足幫警方解決了八件凶殺案。考量到主角偵探只有十二歲，以少年推理的內容來說，凶殺情節的引入讓故事更加緊張刺激，簡直可說是《名偵探柯南》的前身了。

暗號推理在本書中的呈現相當搶眼，包括〈紅色的鑽石〉、〈紫外線〉、〈深夜的電話〉。暗號、密碼之推理作品的先驅是愛倫・坡的名作〈金甲蟲〉（The Gold-Bug），這篇作品產生深遠的影響力，後來福爾摩斯探案中也有〈跳舞的人〉（The Adventure of the Dancing Men）這篇暗號推理的名作，更別提江戶川亂步的〈兩分銅幣〉本身就是一篇暗號推理的傑作。以當代來說，幾年前暢銷的《達文西密碼》（*The Da Vinci Code*）更是以暗號推理為主軸的長篇推理小說。可見暗號推理歷久不衰。科學偵探所涉及的三篇暗號推理都與日文有關，若讀者稍諳日文，應可感受到其設計之巧妙。

上述提及關於暗號、竊案的情節設計，合理推想都受到愛倫・坡的作品之影響。除了〈金甲蟲〉之外，坡的另一篇傑作〈失竊的信〉（The Purloined Letter）便是推理史上竊案的代表作。尋找失竊的物品後來在推理故事中極為常見，甚至演變成尋找失蹤的人。

愛倫・坡影響科學偵探的痕跡也能在塚原俊夫的推理方式中看到。坡筆下的名偵探（也是後世許多偵探包括福爾摩斯的原型）為奧古斯丁・杜邦（Auguste Dupin）。在〈莫爾格街謀殺案〉中，杜邦就展現出讀心術的能力，在與好友（也是擔當名偵探助手、故事敘事者的角色）散步時猜中好友正在想什麼事情。但杜邦所謂的讀心術其實只是透過精密的觀察來猜測對方的心思。在本書〈紅色的鑽石〉中也有類似的描述：大野先生自述，走在路上的時候，俊夫猜中他心中正在想道館的事。這裡的情節與〈莫爾格街謀殺案〉如出一轍。

既然本書標榜「科學偵探」，故事中直接置入了許多科學元素，諸如鑑識科學（〈紅色的鑽石〉、〈塵埃會說話〉）、化學知識（〈暗夜的格鬥〉、〈深夜的電話〉）、生理學知識（〈鬍子之謎〉）、顱骨復原術（〈顱骨之謎〉）、物理學知識（〈紫外線〉）、醫學知識（〈自殺或他殺〉、〈深夜的電話〉）等等。在故事中，俊夫常會攜帶一個「偵探包」到現場進行蒐證工作，這不由得令人想起英國作家福里曼（R. Austin Freeman, 一八六二－一九四三）筆下的名偵探宋戴克博士（Dr. Thorndyke）。福里曼是鑑識科學推理小說的始祖（可以想成是CSI犯罪影集還有當代許多法醫偵探的始祖）。福里曼與小酒井不木一樣都有醫學背景，筆下的宋戴克博士就是一名科學家，講求科學辦案與物證推理，總是提著一個綠色手提箱，裡面裝滿實驗器材，在現場蒐證甚至進行實驗。在一九一二年的短篇集《歌唱的白骨》（*The Singing Bone*）中的〈浪子戀曲〉（A Wastrel's Romance），宋戴克博士透過分析兇手外套上的塵土來找出真兇居住的地方。少年科學偵探的〈塵埃會說話〉之情節與上述推理有異曲同工之妙。在〈塵埃會說話〉中，塚原俊夫透過蒐集到的塵土來鎖定犯罪集團的巢穴。

宋戴克博士探案的影子還可在俊夫探案中的〈鐘擺時鐘之謎〉見到。這篇作品從兇手的角度出發，描述他如何犯罪，然後才從偵探的角度切入來揭穿兇手的詭計，這種形式在推理小說中叫做「倒敘推理」（inverted mystery）。一般的推理小說都是從案件發生後開始，再透過偵探還原真相；倒敘推理剛好反過來，先告訴讀者真相，再陳述偵探如何調查真相。倒敘推理刺激的地方就在於，對讀者而言，在知道兇手是誰以及他的犯罪詭計的情況下，觀看偵探如何逼使兇手露出馬腳。倒敘推理的形式正是福里曼所創。由此看來，〈鐘擺時鐘之謎〉很有可能也受到了福里曼作品的影響。

宋戴克博士探案始於一九〇七年，比小酒井不木的小說創作事業還早了許多。至此，我們可以在少年科學偵探故事中看見許多西方推理小說的痕跡；以更大的歷史格局來看，這也是早期西方推理小說對於日本推理小說萌芽時期所造成的影響。

科學主義的推理小說強調邏輯推理、科學方法以及理性思考，當這些元素彰顯在少年推理小說時，特別具有教育意義。尤其本書融入更多科學元素，更加具備科普讀物的性質。確實，小酒井不木當初創作這些作品，目的就在於透過文學的形式來讓國小高年級以及國中的學生們對科學有所了解並產生興趣。這個手段也呼應了塚原俊夫的人物設定：對文學與科學都有濃厚興趣。這恐怕也是小酒井不木自身的寫照。身為醫學博士，卻熱愛撰寫小說，選擇與科學具備高度關聯性的推理小說來做為創作方向，結果在文學史上留名。

從教育的角度來看，文學與科學的素養都是現代公民素養非常重要的一部分，推理小說以文學為載體傳播科學精神與知識，對成長中的青少年而言，是十分有益的讀物。本書正是青少年推理小說中的佳作，除了推理文學本身的價值外，也具備高度的教育性，值得推廣與推薦。

目次

紅色的鑽石

在偶然的機緣下，俊夫愛上推理小說，終於立定志向，想當個科學偵探。想要當偵探，必須具備動物、礦物、植物學、物理、化學或醫學等種種知識，於是俊夫非常認真學習，不到三年的時間，他已經通曉這些學問。

神祕的來信

現在，我要向各位介紹少年科學偵探塚原俊夫。俊夫今年十二歲，不過他可是個連大人都自嘆弗如的聰明孩子。在六歲之時，他已經自行發現三角形內角和等於兩個直角，讓他的父親大吃一驚。

從胯下瞧油菜花，堤防上的孩子們

在尋常一年級時就做了這首俳句，把學校老師嚇了一跳。到了二年級的時候，已經具備國中畢業生的知識了。

雖然俊夫喜歡文學，他對科學抱持更深厚的興趣。請你試著向俊夫詢問汽車的構造吧，他會當場畫一張精密的圖來說明。你也可以試著問他大象的紅血球有多大？他會立刻回答九點四微米。俊夫製作了一個說明行星運動的模型，已經取得專利，授權給國中與職業學校使用。因為種種原因，俊夫沒把小學唸完，選擇自主學習，從事研究。

後來，在偶然的機緣下，俊夫愛上推理小說，終於立定志向，想當個科學偵探。想要當偵探，必須具備動物、礦物、植物學、物理、化學或醫學等種種知識，於是俊夫非常認真學習，不到三年的時間，他已經通曉這些學問。

俊夫的父親在麴町三番町的自家隔壁，替他蓋了一間小巧的實驗室。俊夫總是穿著可愛的衣服，在這裡看看顯微鏡，把玩試管，一直實驗到深夜。如今，這間實驗室也成了偵探事務所。

俊夫的名氣愈來愈響亮，這陣子每天就有兩、三名委託人。最近還解決了三件重大懸案，博得少年名偵探的美名。不過，偵探這份工作總要面對不懼生死的犯罪者，比蠻力的話，俊夫畢竟是弱者。

儘管生命可能遭到威脅，俊夫的個性還是好強、不服輸，父母很擔心他，於是今年春天僱了一個強而有力的人當助手。那位助手也就是柔道三段的我。

剛開始，俊夫都叫我「大野先生」，最近，他都叫我「大哥哥」。我們已經這麼熟了。我從早到晚都待在俊夫身邊。走在路上的時候，他還會說：「大哥哥現在在想講道館[1]的事吧？」把我嚇一跳。我問他：「你怎麼知道？」他則微微一笑，對我說明簡單的推理過程。

俊夫之所以會當偵探，其實是由於住赤坂的叔叔極力推薦。叔叔原本是遞信省[2]的官員，不過他很喜歡推理小說，儘管已經五十多歲，依然是個退休後每天都讀推理小說的怪咖。

叔叔是個大富翁，總是毫不在乎地買一些昂貴的研究器材給俊夫。叔叔家有一個傳家之寶，據傳天竺德兵衛[3]從泰國帶回來的巨大紅色鑽石。那顆鑽石非常有名，過去已經多次成為盜賊的目標，叔叔跟俊夫約好，如果下次還能解決難題，就會把鑽石送他當獎品。

俊夫一直都很想要那顆鑽石，所以他經常在想，要是有什麼重大事件就好了。不過結果怎麼了呢？叔叔家竟然把那顆紅色的鑽石搞丟了，對叔叔和俊夫來說，都是最嚴重的大案件。

九月的某一天，俊夫收到一封放在褐色信封裡的來信。在拆封之前，俊夫總會先檢查紙質、文字、郵戳，不過這個信封上沒有寄件人的名字，於是他非常仔細地檢查過一遍，這才用小刀開封，再拿鑷子把內容物夾出來。他夾出來的是半張半紙[4]大小的白紙。

俊夫將白紙攤開來，說：

「大哥哥，你來唸這封信！」

我正想拿起來，他又說：

「啊，不行。我要採集指紋，你不能摸哦。」

不過，上面什麼都沒寫，根本無從讀起。

俊夫得意洋洋地問：

「你知道上面寫著什麼嗎？」

「不知道。」

譯註1 柔道界的總本部，學習兼宣揚柔道的道場。

譯註2 日本以前的中央行政單位，管轄交通、通訊、電力等事務。

譯註3 一六一二年生，卒年不詳。江戶時期的商人、探險家。

譯註4 和紙的規格，原本是將全紙裁切成一半的大小，故名半紙，約25 X 35公分。

「這是用明礬寫的。」

「所以泡水就能知道嗎？」

「對。」

俊夫從架子上取出採取指紋的工具，在紙張的邊緣處塗抹濃度百分之八的硝酸銀，放在窗邊曬太陽晾乾。過了一會兒便浮現一個不完整的黑色指紋。

「大哥哥，照相機！」

我拿來照相機之後，俊夫迅速地拍下來，接著在黑色漆盤裡盛滿水，將那張信紙攤開，泡進水裡。果然浮現白色的文字。

那是以毛筆寫的字句——

「俊夫，最近會發生一起重大竊盜案件，就算是你，也抓不到這次的犯人。」

過去我們已經收過各種犯人的威脅信，不過，還沒遇過這種先行預告竊盜的犯人。而且我們也不知道哪裡會發生竊盜案件，也不知道對方想偷什麼，就連俊夫都嚇了一跳。

「我好像看過這個筆跡。」

過了半晌，俊夫說：

「大哥哥，這個字是用線綁在筆軸的一頭，吊在高高的地方寫的哦。這樣一來，每個人都能寫出不一樣的字跡。」

後來的兩、三天，倒也平安無事，不過，第四天早上，赤坂的叔叔打電話給俊夫，說是有急事，請他盡快趕過去。俊夫好像恍然大悟，叫我帶著放偵探道具的包包，急忙趕到叔叔家。

抵達之後，叔叔便迫不及待地帶我們到書房。

「坦白說，俊夫！昨天晚上鑽石被偷走了！」

「咦？」

就連不曾慌了手腳的俊夫，神色都不太一樣了。

叔叔又問：

「對我和你來說，那都是非常貴重的東西，我還沒向警察報案，你一個人有辦法調查嗎？」

俊夫斬釘截鐵地說：

「我一個人調查。」

「很好。我告訴你遭竊的過程。」

說完，叔叔便說了下面這段話。

紅色鑽石一直放在書房的金庫裡，今天吃完早餐後，叔叔想在書房看報紙，走進來一看，發現金庫的門是打開的，他吃了一驚，查看之後得知沒有損失任何物品。為求保險起見，他打開裝鑽石的袋子，發現驚人的事，裡面的鑽石不見了，只有撕碎的報紙碎片。

金庫用的是符號鎖，不知道符號就無法開啟。只有叔叔才知道是什麼符號，從金庫開啟的情況看來，也許是昨天忘記把金庫關上了。檢查窗戶與大門，並沒有外人入侵的跡象，說不定犯人是家裡的成員吧，不過，家裡只有叔叔、嬸嬸、女傭跟僕人，女傭跟僕人都待很久了，全都是老實人，完全沒有任何值得懷疑的餘地……。

聽完叔叔的話之後，俊夫提起前幾天收到的匿名信，拿出放大鏡調查金庫。金庫前面隱約可見一個指紋，俊夫灑上鉛白粉，讓指紋清楚浮現，再拍攝照片。

將金庫裡裡外外調查完畢後，俊夫詳細檢查書房的窗戶、院子及其他地方，檢查完之後，又回到書房，詢問：

「叔叔，請問裝鑽石的袋子在哪裡呢？」

叔叔從書桌的抽屜裡取出袋子，交給他。裡面裝著報紙。

「這不是叔叔放的嗎？」

「對。」

「所以是犯人放的嗎？」

「大概吧。」

俊夫小心翼翼地攤開報紙。那是一張兩寸見方的小紙片。俊夫對著光看看，又翻到背面瞧瞧。

他說：

「叔叔！這個我先借走了。」

「好啊。你現在掌握到犯人是誰了嗎？」

「現在還不知道。不過，再兩、三天就找得到。」

從叔叔家回來之後，俊夫立刻將拍了金庫指紋的照片洗出來，跟信件的指紋照片對照。兩個指紋完全一致。接著，俊夫將那張報紙碎片交給我。

「大哥哥，你知道這是什麼嗎？」

仔細一看，那是社會版的一部分，背面是廣告，我實在想不出有什麼其他的意義。

「你對著光看看！」

我照他說的，對著光線看，發現有些活字上有針孔。

俊夫說：

「這是暗號哦。」

我將刺了針孔的文字摘錄下來，抄下那篇報導。

本鄉駒込富士前的理化學研究所，在近藤研究所進行調色照片化學研究的花井時雄終於成功開發有別於傳統照片，過去人們認為不可能達成的的技術，讓感光版將紅色、黃色、綠色等色彩視為白色。因此，攝影者在攝影之時，可以利用特殊螢幕，將過去煞費最多苦心的部分，也就是紫外線完全排除在外……。

暗號

過了一會兒，俊夫問我：

「大哥哥看得懂這個暗號嗎？」

我看了那張報紙剪報的報導，看了好幾次，它只不過是理化學研究所的人發現嶄新的攝影技術，跟鑽石遺失的事件沒有任何關係，即使只讀刺了針孔的活字部分，也沒有任何意義，於是我回答：

「我完全不知道這是什麼意思。」

俊夫笑著說：

「怎麼可能馬上就知道。」

「所以俊夫也不知道嗎？」

「不知道！」

一直以來，俊夫最討厭的字眼就是「不知道」或是「辦不到」，不到困境，他可不會說出這個字，看來這個暗號相當困難，他也只能苦著一張臉，吐露這句話。

後來，俊夫搶過我手上的剪報，死命盯著它瞧，大約看了十分鐘左右，他終於說：

「大哥哥，請你把刺針孔的字抄下來。」

我抄在白紙上，內容如下。

を行って　での写真　違って今ま　能と見做さ　た赤をは　や緑　至る

迄そ　く白い様に　しむる事　に写真術　影者が之を　とに最もお

俊夫接過我遞出的紙片，看了好一會兒，說：

「大哥哥，這可不是一兩個小時就能解開的暗號呢。唉，我慢慢想吧。」

到了下午，俊夫叫我去調查那張剪報是哪一天的哪一份報紙，最好能拿那份報紙過來。聽了他的話，我感到非常困擾。那份剪報未必是東京的報紙，說不定是一個月前還是兩個月前的報紙，要找到可不是一件容易的事。

我問：

「你要那份報紙幹什麼？」

他心情有點不好：

「你管我要怎樣！」

我說：

「又不知道是什麼時候的報紙，也不知道是哪裡的報紙，一、兩天也找不到吧。」

俊夫終於鼓著臉頰說：

「大哥哥是笨蛋！」

「我說的沒錯吧？」

「大哥哥，你稍微動一下腦筋嘛。這種事，不用我說你也知道吧。來，剪報拿去，看你要去本鄉還是哪裡，快點出門吧……」

我想他現在心情不好，最好不要跟他唱反調，於是我像逃跑似地出門。不過，我又停下來想，到底該去哪裡比較好，這時，我突然想起俊夫剛才說的話，「要去本鄉還是哪裡」，我忍不住拍了拍大腿。剪報的報導，不就是本鄉駒込的理化學研究所嗎？

我佩服俊夫的智慧，搭上前往本鄉的電車，在富士前下車，前往研究所拜訪近藤研究室的花井。花井欣然同意與我見面。

我總不能說自己是為了暗號而來，於是我說我來詢問他嶄新的照片沖洗技術。

他笑著說：

「哦哦，你看過那篇《讀賣新聞》的報導了嗎？」

我的心砰砰跳。

後來，聽了花井大約二十分鐘的親切說明後，我向他告辭，佯裝若無其事地問：

「請問讀賣的記者是什麼時候來訪的呢？」

「昨天下午。」

如果是昨天下午，那篇報導一定是今天出刊的報紙。我來到電車的車站，對面正好有一個書報攤，於是我跌跌撞撞地走進那家店，買了《讀賣新聞》。攤開一看，發現社會版由下算起的第三層，有著跟剪報一樣的報導。

沒想到搜索報紙的事這麼快就完成了，我心裡十分高興，心裡想著要快點交給俊夫，看他笑瞇瞇的模樣，不巧在日比谷公園碰上停電，回到家的時候，已經是秋天傍晚的五點半了。

我打開門，走進俊夫的房間，俊夫拿著鉛筆思考，渾然沒察覺我進來了。

我問：

「怎麼了？暗號解開了嗎？」

俊夫抬頭，不過他的目光望向遠方。不久，俊夫終於回神，沮喪地說：

「還不知道。」

我這才看到桌上擺著五、六本攤開的外國暗號書籍。

這時，電話響了，我站起來，拿起話筒。然而，方才還倚在桌旁的俊夫，不知是想到什麼，突然站起來說：

「有了，我知道了！」

他在房間裡跳來跳去。

「俊夫！有電話！」

他根本我沒聽見我說的話，末了還掛在我的腰上，像瘋了一般。

我加大音量說：

「俊夫！是叔叔打來的電話！」

聽見「叔叔」兩個字，俊夫把聽筒貼近耳邊。叔叔講話很大聲，連站在旁邊的我都聽得很清楚。

「俊夫！你知道犯人是誰了嗎？」

「還沒。」

「暗號呢？」

「我剛才已經知道解法了。」

「剛才？」

「叔叔打電話來，所以我才知道的。」

「很棒耶！」

「很棒吧？」

「到底是什麼暗號？」

「我現在正要解。」

「這樣啊，好好加油吧。我只是問一下情況。」

「我會加油的。再見。」

大概是因為接到電話的緣故，才知道暗號的解法吧，對我來說，那些字還是一個謎團。我正想要提問，俊夫就衝到書架旁，不斷翻閱書籍，過了一會兒，他失望地說：

「糟了，我沒有寫那個的書。」

「我去買吧？」

「不用，叫青木去就行了。」

說著，他按下書桌的鈴，過了一會兒，在主屋的書生[5]青木進來了。俊夫在紙片上寫了一些字，交給青木說：

「去轉角的丸山書店買這本書，請用最快的速度買回來。」

譯註5 寄住在別人家打雜的學生。

俊夫坐在書桌前，微笑地對我說：

「大哥哥，今天真的好難熬啊。」

「畢竟這是日本的暗號，看了外國的書也不會明白吧，不過日本又沒有關於暗號的書，只好靠我一個人的力量來解決了。首先，我認為這個『を行って』、『での写真』、『違って今ま』各代表一個字，也就是『ア』或『イ』。

不過，看了這十二組字，沒有一個多於五個字，於是我開始想，是不是跟『五』有什麼關係呢？剛開始，我以為是不是把盲人的點字改成暗號。不過點字至少是『六』個起跳，所以我拋棄這個想法。

大哥哥回來的時候，我正好進展到假名代表某個記號，漢字代表某個記號，心想這樣一定沒錯。這時候，叔叔不是剛好打電話來嗎？所以我靈機一動……大哥哥，聽懂了嗎？」

「完全聽不懂。」

「說到電話，不會立刻想到那個嗎？」

「呃，什麼？」

「假名是點，漢字是劃啊！」

「那是什麼？」

我愈來愈搞不清楚了。

「真是拿你沒辦法，是摩斯電碼啊！」

聽他麼說，我才恍然大悟。我想起來了，點是摩斯電碼的•，劃是—，而且文字都是由五個以下的密碼組成。

這時，書生青木帶著一本小書走進來。仔細一看，封面上寫著《摩斯電碼》。

「大哥哥，把假名寫成點，漢字寫成劃，快點，把這十二組文字重寫一遍，再查閱它是什麼樣的假名文字。」

我費了一番工夫，終於檢查出以下的結果。

を行って	•—••	カ（KA）
での写真	••——	ノ（NO）
違って今ま	—••—•	モ（MO）

能と見做さ	—・——・	ル（RU）
た赤をは	・—・・	カ（KA）
や緑	—・—	ワ（WA）
至る迄そ	—・—・	ニ（NI）
く白い様に	・—・—・	ン（NN）
しむる事	・・・—	ク（KU）
に写真術	・———	ヲ（WO）
影者が之を	——・—・	シ（SHI）
とに最もお	・・—・・	ト（TO）

儘管我終於查完了，我還是不知道「カノモルカワニンクヲシト」是什麼意思，我抬頭一看，突然發現俊夫露出極為不悅的表情。

我問：

「怎麼了？」

俊夫拍桌怒吼：

「把我當白痴啊！」

「咦？」

我嚇了一大跳。

「倒過來唸唸看！」

「トシヲクンニワカルモノカ」（俊夫才看不懂呢）

又是犯人的惡作劇！我們費盡一番工夫，結果竟然是這樣，怪不得俊夫要發脾氣了。

出乎意料的犯人

我不知道該怎麼安慰俊夫才好。這時，我突然想起今天造訪理化學研究所的事。我們剛才一直在想暗號的事，忘記提起這件要事，俊夫好像也沒有發現。

「俊夫，我都忘記了，其實我把有這份剪報報導的報紙買回來了。」

俊夫好像不怎麼高興的樣子，接過我遞給他的報紙，終於翻開報紙，他突然露出開心的表情。

「大哥哥，謝謝你！」

他大叫的同時，又像剛才發現暗號解法一樣，手舞足蹈，還抓著我的頭，一雙腿踢個不停。

我目瞪口呆，問道：

「怎麼了！」

「我知道犯人是誰了！」

「咦？」

聽到俊夫的話，我只有滿頭問號。

「哈，好開心。」

說著，俊夫又在房間裡跑來跑去。才剛攤開《讀賣新聞》，怎麼能知道犯人是誰呢？我怎麼也想不清楚。

「犯人是誰呢？」

「現在還不想說，今天別再問我了哦。」

隔天早上，俊夫說要寄信給叔叔就出門了，直到正午都還沒回來。因為俊夫說大哥哥一起出門比較不方便，所以我留在家裡，不過我還是放心不下，正想要出門到附近找一找，這時俊夫笑咪咪地回來了。

我還來不及問俊夫上哪去了，他先對我說今晚七點，偷走紅色鑽石的犯人就會上門，大哥哥要用盡全力抓住他。

去抓犯人就算了，犯人竟然會主動找上門，我覺得太奇怪了，於是問他原因，俊夫平靜地說：

「因為他非來不可！」

「為什麼？」

俊夫默默從口袋裡掏出紫色的袋子說：

「大哥哥，你看看裡面裝了什麼。」

他打開袋口，一下子就關上了，裡面的東西毋庸置疑，就是璀璨奪目的紅色寶石。

我驚訝地問：

「這是被偷走的鑽石嗎？」

「沒錯！」

「你是怎麼拿到的？」

「我去犯人藏的地方拿來的。所以今晚犯人一定會來把它拿回去。」

「你到底是怎麼調查出來的？」

「今晚抓到犯人再跟你說。」

「可以讓我看看那顆鑽石嗎？」

「不行、不行。」

說著，俊夫露出壞心眼的微笑，把袋子放進口袋裡。

我一直在想俊夫是怎麼查出犯人，又是怎麼從犯人手中奪回紅色鑽石呢？不過我怎麼也想不通。

暗號的字句就是那樣，只是在戲弄俊夫，昨天的《讀賣新聞》也是，在我所見的範圍之中，也沒有什麼犯人的線索，不管我怎麼想，都無法解釋，不過我很清楚俊夫的個性，勉強逼問他也沒好處，於是我決定遵照俊夫的命令。

我們在五點半吃完晚餐，終於六點了。屋外已經一片漆黑，行人也愈來愈少了。我們擬定步驟，七點犯人來訪時，請俊夫開門，我撲上去拷手拷。畢竟我學柔道練了一身功夫，不管撞什麼人都不要緊，一邊猜測犯人是什麼樣的人，我內心期待不已。

時鐘終於敲了七下。實驗室外頭果然傳來腳步聲，接著又聽見叩叩叩的敲門聲。

俊夫向我使了一個眼色，起身開門。

我發出「喝！」一聲，撲向走進來的男人。

「你在幹什麼？是我啊！」

我覺得對方的聲音似乎有點耳熟，不過他戴著墨鏡，滿臉大鬍子，看起來就是個可疑的人物，於是我把他壓制在地上，不過對方也不是省油的燈，他猛力掙扎，下一秒，就展開一場乒乒乓乓的格鬥。

這時，俊夫跑到犯人的方向，似乎想要做些什麼，不過我終究還是占了上風，正要為犯人拷上手拷，俊夫大叫：

「大哥哥，不用拷了。叔叔，請您摘下墨鏡跟假鬍子吧。」

我嚇了一跳，鬆開手。

「俊夫！這場鬧劇究竟是怎麼回事！」

取下墨鏡跟假鬍子的男子說著，同時站起來，他正是赤坂的叔叔。

「叔叔，對不起。不過我們約好了，要抓到偷走紅色鑽石的犯人對吧？」

叔叔拍掉身上的灰塵，苦著一張臉說：

「你說得沒錯！」

「因為叔叔就是犯人，所以我只是想要把您抓住而已。我還要把紅色鑽石還給您。」

說著，俊夫從口袋裡掏出袋子，打開袋口，遞到叔叔面前。

叔叔見到光彩奪目的鑽石之後，神色大變，非常驚訝。

「這才是真正的紅色鑽石！」

說著，叔叔從外套內側的口袋取出同樣的袋子，以顫抖的雙手打開來看。

「啊，這是贗品！你是什麼時候調包的？」

叔叔一臉狐疑地盯著俊夫。

我根本搞不清楚狀況，呆呆地站在一旁，站了好半晌。

「叔叔，請您打開吧。大哥哥也坐在那邊吧。」

說著，俊夫得意洋洋地說起一路以來的調查過程。

「叔叔，您想把這顆鑽石送給我，所以在測試我的能力，對吧？剛開始，我看到那封匿名信的時候，就覺得好像看過這個字跡。後來，我又採集信紙上的指紋，那是叔叔的指紋。我以前曾經採集過父親、母親以及叔叔的指紋。我拿去比對過了。

接著，金庫上的也是叔叔的指紋。所以我曾經懷疑叔叔可能是犯人，不過也有可能是有人偷了叔叔的信紙，金庫有叔叔的指紋，也是再自然不過的事了，後來我一直在想那個暗號，覺得要斷定叔叔就是犯人，好像太早了。

不過，當我解開暗號之後，發現是嘲笑我的字句。我發現暗號裁取的報紙是昨天的《讀賣新聞》，我終於得到確切的證據，證明犯人就是叔叔。竊案發生在前天晚上，如果犯人是外面的人，怎麼可能放進昨天早上的剪報呢？

再說，叔叔是頭一個看報紙的人，如果犯人是叔叔家的人，也不可能把報紙剪下來。再加上叔叔以前在遞信省工作，熟悉摩斯電碼，我終於確定犯人就是叔叔。

如果犯人是叔叔，那麼這就是叔叔為了測試我的能力才安排的事件，如果我告訴您，我已經知道犯人是誰，請您來這裡，叔叔肯定會帶著鑽石過來。於是我昨天晚上寫信給叔叔，今天早上出門寄信，順便去銀座買了假的鑽石和袋子，欺騙大哥哥，請他跟叔叔打一場，趁亂翻找叔叔的口袋，把真貨和贗品調包。」

剛才還一臉憤怒的叔叔，不知不覺中已經換上笑咪咪的表情。

叔叔說：

「唉，我太佩服你了。紅色鑽石送給你吧。」

「用昨天早上的報紙剪報，是我的疏失。打從四、五天前，我就認真在找一些跟科學有關的報導，正好看到那篇報導，所以我做了暗號。我太用心製作暗號，沒注意到這一點，立刻打電話把你找來。話說回來，大野啊，你可是讓我吃了不少苦頭呢？」

要是地上有洞，我還真想鑽進去。

「抱歉啦。俊夫也開了一個大玩笑。」

「叔叔遇難的事，我早就寫在那封信上囉。」

叔叔大吃一驚，說：

「咦？」

「那封信您有帶來吧？」

叔叔從背心口袋裡，拿出俊夫今天早上寄的信。

「請您讀以針孔刺洞的字。」

叔叔展開信紙，對著電燈的光線，讀了一會兒。

「原來如此。我光顧著喬裝打扮，沒注意到這個。」

說著，叔叔把信遞給我。我將內容抄錄如下，按照往例，表示以針孔刺過的字。

致叔叔

叔叔，我終於知道犯人是誰了。我順利拿回鑽石了。今晚七點，請您喬裝打扮。我想讓大哥哥嚇一跳，所以請您順便將裝鑽石的袋子和這封信一起帶過來。那個暗號害我吃了不少苦頭。詳情我們見面再聊哦。字草，尚請見諒。

俊夫敬上

把針孔刺字的部分合起來，就成了——

叔叔，今晚大哥哥請你吃苦頭哦。尚請見諒。

「俊夫，我真是服了你。」

叔叔終於向俊夫的智慧舉白旗投降。

於是，紅色鑽石就成了俊夫的所有物，可喜可賀，可喜可賀。

暗夜的格鬥

當亞鉑氰化鋇照射到 X 光時，就會發出螢光。X 光容易穿透衣服及肌肉，不容易穿過金屬及骨骼，所以它們會在盤形成的陰影。因此，如果木村先生或竹內先生吞服白金，一定能看見白金的陰影。

遺失白金塊

想不到紅色鑽石事件的犯人，竟然是塚原俊夫的叔叔，各位想看逮捕壞人情節的讀者，也許會很失望吧，接下來，我要說的故事是俊夫靠偵探能力，一舉破獲長年來在東京市內到處為非作歹的貴金屬竊盜集團的事件。

十月的某一個午夜。正確來說，是凌晨兩點左右，說是一大早，也許比較正確吧。我睡了一覺，聽見有人猛力敲打我們事務所兼實驗室的大門，把我吵醒了。

「俊夫，俊夫。」

是女人的聲音，一直叫喚俊夫。我喊：

「俊夫。」

叫醒睡在隔壁床上的俊夫。

「我知道，那是木村阿姨的聲音。」

說著，俊夫急急忙忙地套上衣服，去開門了。

木村阿姨並不是他的親戚，是住在離俊夫家一町[1]遠，開了一家小型貴金屬製造廠的木村英吉的太太，俊夫經常去他們家玩，交情非常好。

阿姨驚慌失措地說：

「俊夫，出大事啦。剛才我家遭小偷，把珍貴的白金塊偷走了。你快點來看看。」

「哪裡遭小偷了？」

「工廠。」

「先冷靜下來再說。我會趁這段期間準備一下。」

說著，俊夫開始檢查那個偵探包的內容物。

據阿姨一邊喘氣一邊敘述的內容，昨天津村伯爵家派遣使者過來，委託他們在後天早上以前，將伯爵家代代相傳的白金塊雕成一個手環。

這塊白金過去曾多次遭到盜賊覬覦，所以特別小心防備，阿姨的老公木村先生與助手竹內兩人，一直工作到十二點，接著打算由竹內先生徹夜趕工，忙著完成。

不過，當木村先生上床就寢，睡得迷迷糊糊的時候，工廠那邊傳來奇怪的聲響，

譯註1 約一〇九公尺。

他馬上跳起來，打開工廠的門一看，雖然裡面一片漆黑，卻有一股嗆鼻的、酸酸甜甜的臭味，他嚇了一跳，打開電燈一看，驚人的景像就在眼前，助手竹內先生躺在工作台旁邊昏倒了，白金塊也不見了。

阿姨盯著俊夫的臉，說道：

「我本來打算直接打電話報警，畢竟是晚上，再說我認為俊夫應該會比警察更快找到犯人，才來拜託你。」

「阿姨不用擔心。我一定會幫您把白金塊找回來。」

十分鐘後，我們抵達木村先生家。這時，助手竹內先生已經醒來，可以開口談話了。據竹內先生表示，木村先生離開工廠後，大約過了四十分鐘，突然有人從外面打破玻璃，他嚇了一跳，抬頭一看，發現玻璃破掉的地方傳來難聞的氣味，冷風咻地吹進來，後來的事他都不記得了，在木村先生的照顧之下，他才醒過來，這才得知白金塊不見了。

俊夫向來不喜歡竹內這個人，老是對我說他是「討厭鬼」，剛才聽竹內先生說話的時候，一直用兇狠的目光瞪著他，我在想，俊夫是不是覺得竹內先生有嫌疑。

聽完竹內先生的說法後，俊夫跟著木村先生去工廠。難聞的氣味撲鼻而來。工廠就在客廳隔壁，比客廳矮了一尺[2]左右，混凝土地板，三邊都有牆壁，莫約八張榻榻米大小的房間，用門板跟客廳隔開。北側有窗戶，嵌著兩片玻璃窗，窗子外側加裝鐵欄杆。距離窗戶約兩尺的地方，放著工作台，上面擺滿各種瓶子與加工道具，此外，三面牆上都有棚架，架子上也擺滿各色瓶罐與化學器材。

俊夫從偵探包裡取出放大鏡，先檢查地面。不過，他沒有發現任何可以充當線索的腳印，於是他開始認真檢查落在窗子內側的玻璃碎片，測量玻璃窗的破洞大小。接著，他拉開玻璃門，研究欄杆。其中兩根果然被銼刀磨斷，往左右折彎了。

後來，俊夫又檢查門檻，拿出手電筒，照向室外。地面長滿草皮，玻璃碎片就落在草皮上。俊夫不知道想到什麼，盯著那些碎片，看了好一會兒。

俊夫用嘲諷的語氣說：

譯註2　一尺約三十公分。

「真是個貼心的小偷。」

每次俊夫用這種口氣說話，通常都是在說反話。也就是說，把「貼心的小偷」換成「糊塗的小偷」，也沒什麼差別。

接下來，俊夫又一件一件詳細調查工作台上的物品、工作台抽屜裡的物品。然後，同樣仔細地檢查棚架上的物品，把所有盒狀物品的蓋子全都打開，檢查裡面。也就是瘋狂地搜索，彷彿白金還藏在工廠的某個角落。最後，他看到西側下方的棚架上，有一個托盤，放著茶壺與茶杯，俊夫便問木村先生：

「這是誰喝的茶呢？」

「是我。」

竹內先生不知何時已經走進工廠。他的口氣似乎根本沒把俊夫放在眼裡，我也有點生氣。

俊夫拿開茶壺的蓋子瞧。

「竹內先生喝的茶，顏色看起來特別好喝的樣子。」

俊夫也毫不遜色。說起話來夾槍帶棍。

檢查完工廠內部後，俊夫來到客廳，對木村先生說：

「工廠已檢查完畢了。」

木村先生盯著俊夫問：

「有什麼線索嗎？」

「還剩下一項重要的調查，在完成之前，我無可奉告。」

「什麼樣的調查？」

「木村先生與竹內先生的身體檢查。」

「蛤！你覺得是我們拿走的嗎？」

「我倒是不那麼想，總之，調查一定要周詳才行。」

「我又不可能偷走，竹內也待半年了，我可以保證他是一個老實的人，不需要做到那種程度吧。」

俊夫有點生氣地說：

「不想被搜身的話，我就從這個案件抽手。請找警察來調查吧。」

於是木村先生和竹內先生只能心不甘情不願地讓俊夫進行檢查。竹內先生更是露出厭惡的表情。俊夫也有點壞心眼，檢查地特別仔細，逐一檢查竹內先生衣服的每一個口袋。不過在木村先生和竹內先生身上，都沒找到白金塊。

「身體外側的檢查完成了，接下來要檢查內部。」

「咦？」

說著，木村先生很驚訝。

「內部要怎麼檢查呢？」

「只要把白金塊切碎，就能吞下去囉。所以可以藏在身體裡。」

木村先生目瞪口呆，半開玩笑地說：

「所以我們要剖腹檢查嗎？」

「木村叔叔！」

俊夫以嚴肅的表情說：

「請您別開玩笑。我想要看身體內部，也是基於非看不可的理由。現在要到駿河台的岡島醫生那裡，用X光檢查兩個人的身體，請立刻叫車。」

由於俊夫的遣詞用句相當明確，木村先生也沒多說什麼，便叫阿姨跑去附近的車行。我在俊夫的命令之下，打電話給岡島醫生。雖然現在天色還沒亮，不過醫生爽快回應，說隨時都可以過來。岡島醫生是醫學博士，俊夫拜他為師，修習醫學的時候，醫生視他如己出，十分疼愛他，教導他醫學，只要俊夫開口，不管是什麼難題，他都會配合。因此，俊夫沒確認醫生的時間，就命人叫車了。

不久，車子終於來了，我們四人在人煙稀少的黎明街道，朝著駿河台奔馳而去。我們四個人鮮少交談，尤其是竹內先生，更是一臉不高興。

我隨著車子搖晃，左思右想。誠如俊夫所說，要做X光檢查，一定有他的道理。說不定木村先生或竹內先生其中一個人吞下白金了。我很想快點見證岡島醫生檢查的情況，就連汽車前進的速度，都讓我覺得十分緩慢。

不可思議的茶

各位讀者，你們曾經看過用X光檢查身體內部的情況嗎？檢查的時候，人要站在檢查台上，從後方照射X光，打在前面的亞鉑氰化鋇盤上。當亞鉑氰化鋇照射到X光時，就會發出螢光。X光容易穿透衣服及肌肉，不容易穿過金屬及骨骼，所以它們會在盤形成陰影。因此，如果木村先生或竹內先生吞服白金，一定能看見白金的陰影。

儘管岡島醫生詳細檢查，在兩人身體裡，並未看見類似白金的陰影。

醫生十分正經地說：

「俊夫！他們兩個人都沒有吞服白金哦。」

俊夫似乎也放心了，笑眯眯地回答：

「謝謝您。這樣我就放心了。」

我的期待落空了，感到有點失望。接著，俊夫對正在穿衣服的兩人說：

「木村叔叔，竹內先生，真是辛苦你們了。」

木村先生滿臉微笑，竹內先生雖然沒開口，卻一臉怒意。

「好了，這樣一來，我已經確定我的搜查方針，接下來我要緊急出發，去調查線索。車子我先借走了，兩位請搭電車回家吧。」

話才說完，俊夫立刻向岡島醫生打聲招呼，牽起我的手把我往外拖，帶我到外面。

「大哥哥，快一點，快一點。我們要在半路買麵包，然後去木村先生家，請叫司機全速前進。」

既然要去木村家，怎麼不把那兩個人一起帶回家呢？我認為此舉也是出於俊夫對竹內先生的反感。

我們在淡路町才剛開門的店裡買了麵包，接著搭車在人煙稀少的清晨街頭高速行駛。俊夫似乎急著抵達目的地，身子往前傾，很少開口說話。我終於沉不住氣，出聲喚他：

「喂，俊夫！」

他這才回神，朝我微微一笑，倚在汽車座椅上。

我問：

「為什麼要買麵包？」

「要在木村阿姨那裡吃早餐啊。」

「咦？早餐？」

「對啊，阿姨家有好喝的茶哦。連竹內先生都喝得很開心，不是嗎？」

我想起剛才在木村先生的加工廠，看到竹內先生喝茶的茶壺。

「我們一起喝嗎？」

「不用，抵達之後，要請大哥哥幫我去警視廳[3]跑個腿。」

「咦？警視廳？所以犯人有著落了嗎？」

俊夫眼睛泛著光芒說：

「現在還不知道。不過，說不定能捉到厲害角色哦。」

過了一會兒，我又問：

「你之前說過，去照X光是有原因的，那不是開玩笑的吧？」

「當然！」

「原因是什麼？」

「我現在還不能說。」

「那兩個人不是都沒吞服白金嗎？」

「我一開始就知道了哦。」

「咦？」

我嚇了一跳。既然知道兩個人都沒有吞服白金，為什麼要特地打擾岡島醫生呢？我實在是怎麼也想不明白。

不久，車子回到木村先生家。阿姨聽見聲響，衝了出來。

阿姨問：

「俊夫，現在怎麼了？」

「兩個人都沒有吞下白金。我半路有事，所以先過來了，他們兩個等一下就回來了。」

我們讓車子待命，走進屋裡。

「阿姨，請問竹內先生的宿舍在哪裡呢？」

譯註3　日本東京都的警察機關。

「芝區新堀町一〇，加藤蔬果店的二樓。」

「請您給我一個信封。」

阿姨拿來信封後，俊夫用鉛筆在手帳快速寫了幾行字，把那一頁撕下來，裝進信封裡。

「大哥哥，請把它拿給警視廳的小田刑警。我記得昨天夜裡應該輪到他值班，接下來我要出去辦事，說不定要到十點才會回來，你在家等我吧。」

我起身的時候，俊夫對阿姨說：

「阿姨，我肚子好餓，請讓我在工廠吃剛剛買來的麵包吧。有沒有冰涼的茶水啊？」

「有哦。我剛剛才燒開水，已經放涼了哦。」

到了警視廳，小田刑警果然在那裡。小田刑警跟俊夫的感情非常好，俊夫都叫小田刑警「P叔叔」。據說是因為P是英文Police（警察）的第一個字母之故。小田刑警好像很討厭「P叔叔」這個綽號，不過他在俊夫的協助之下，立下不少功勞，所以不管俊夫說什麼，他都不會發脾氣。

小田刑警，也就是「P叔叔」聽到是俊夫的信，便立刻拆開，他的臉瞬間亮了起來。他告訴我：

「好，請告訴俊夫，我會安排妥當。」

我在俊夫的事務所兼實驗室裡，獨自一人寂寞地等待，莫約九點過後，木村先生來訪。由於遺失重要的白金，木村先生看來非常沮喪，露出跟平常截然不同，有氣無力的模樣。

木村先生望著我，以十分擔心的表情說：

「大野先生，要是明天早上還找不回白金，我該怎麼辦才好呢？」

「請別擔心。俊夫一定會幫你找回來的。」

「可是俊夫只顧著我和竹內，還白費那麼多力氣，去照X光，在那段時間裡，犯人一定遠走高飛了。」

我不知道該怎麼安慰木村先生，只能沉默地思考。

這時，俊夫滿頭大汗地回來了。

「木村先生，您來得正好。剛才真是不好意思。竹內先生怎麼了呢？」

「跟我一起回來之後，竹內很快就說他累了，要回宿舍睡一覺。」

「竹內先生很生氣吧？」

「因為俊夫做了那麼誇張的事啊。我這輩子還是第一次照X光耶。」

俊夫諷刺地說：

「那種東西，常常照可不太好。」

「所以俊夫已經找到犯人了嗎？」

「找到了哦。」

「咦？」

我們兩人面面相覷，同時叫出來。

木村先生生氣地說：

「犯人是誰？」

「您先消消氣。在說這件事之前，要先請叔叔喝杯茶。」

「喝茶？現在哪是喝茶的時候。快點跟我說犯人的名字。」

俊夫沒有回答，而是從藥架上拿出一個瓶子，將裡面的液體傾倒至燒杯裡。接著，他將細長的白金線剪成小段，拿到木村先生面前。

「木村叔叔，這是一杯比較特殊的茶，所以我要表演不可思議的戲法。看好了哦？我要把這個放進去囉。」

說著，俊夫將白金線的碎片倒進液體之中，白金發出微弱的聲響，很快就溶化了。

木村先生吃驚地說：

「這是王水（鹽酸與硝酸的混合物）嗎？」

「沒錯。不過這就是竹內先生在喝的茶。」

「咦？什麼？所以竹內那只茶壺裡的是王水嗎？他把白金溶在裡面了嗎？這下糟了！」

嘴裡還叫著，木村先生不假思索地連忙往外衝。

「大哥哥，我們也去木村先生家吧。」

我們來到木村先生家前面，木村先生已經從裡面衝出來。

「俊夫，聽說竹內把茶壺帶回家了。要趕緊想想法子！」

俊夫冷靜地說：

「叔叔，別慌張，大哥哥，幫我叫一輛車。」

化學實驗室

我們三人搭乘我叫來的車子，趕往芝區新堀町，竹內先生（接下來我會直呼他為竹內）的宿舍。這是一個陽光和煦的溫暖秋日，沿路的樹木閃耀著美麗的色彩，不過木村先生似乎心急如焚，急著趕到目的地，很少開口。

車子開到目的地之後，木村先生像逃跑似地下車，衝進竹內借住的蔬果店。我本來要跟著他下車，不過俊夫緊緊抓住我的手臂，說：

「大哥哥不用下車哦，竹內已經不在了。等一下木村叔叔就會面色凝重地出來了，等他一下吧。」

過了一會兒，木村先生果然面色鐵青地出來了。

「俊夫，怎麼辦？我問過蔬果店的老闆娘，聽說竹內今天早上說臨時要搬家，也沒說要去哪裡，帶著行李就走了。」

「叔叔，先別擔心，我知道竹內上哪去了，白金還找得回來。接下來叫車子開去警視廳吧。」

木村先生瞪大了眼睛說：

「警視廳？」

「沒錯，說不定竹內已經被逮捕了。」

木村先生的臉上首度浮現安心的神色。

在車子朝芝公園前進的路上，木村先生問俊夫：

「俊夫，你是怎麼發現白金溶解在茶壺中的王水裡呢？」

「哦哦，那件事啊？我來說一下調查的順序吧。首先，工廠地板上完全沒有疑似外部入侵的腳印。

接下來就是玻璃碎片了。如果是從外面打破的，裡面勢必會留下許多碎片，不過，我仔細檢查之後，發現掉在外面草皮上的碎片，比裡面的還多。所以我得知那片玻璃是從裡面敲碎的。

如果是從裡面敲碎的，除了竹內之外，沒有其他人能做這件事了。這樣一來，白金肯定是竹內偷走的，那麼，他到底藏在哪裡呢？我拚命翻找抽屜，檢查架子上的容器。

不過，我到處都找不著，直到最後，我抱著『難不成』的心態，打開茶壺蓋，一股奇妙的氣味撲鼻而來。我心頭一驚，開始思考。原來房裡的痲醉劑氣味，是為了掩蓋這只茶壺裡的液體氣味。白金就藏在這只茶壺裡。

雖然我心裡這麼想，要是當場說出口，不知道竹內會做出什麼事。於是我問叔叔：『這是誰在喝的茶呢？』。結果竹內搶在叔叔開口之前回答。所以我更肯定竹內就是犯人。請他去照X光。」

「咦？」

木村先生一臉懷疑地問：

「既然白金在茶壺裡，應該用不著照X光吧？」

「話是沒錯啦……，欸，警視廳到了。晚點再慢慢聊吧。」

話才說完，俊夫已經拉開車門，迅速走出去。

俊夫口中的P叔叔，也就是小田刑警在警視廳裡，笑瞇瞇地迎接我們。俊夫跟小田刑警兩個人在一旁竊竊私語，講了一會兒，講完之後，午餐時間正好到了，於是我們跟小田刑警一起享用烏龍麵。木村先生還是一樣心神不寧，俊夫倒是活潑地說了不少話。

用餐時間結束後，小田刑警的屬下——波多野先生穿著便衣，氣喘吁吁地進來，見了我們，他露出猶豫的神色。於是小田刑警說：

「波多野，他們都是知情人士，放心說吧。」

「我遵照指示，到新堀町的蔬果店盯哨，結果竹內拿著茶壺回來了，大約過了三十分鐘，來了一輛人力車，竹內帶著行李跟那只茶壺，坐上那輛車。車子朝品川的方向快速前進，我追著車子跑。

後來，過了品川，經過大井町，到了大森的△△。因為距離很遠，車速也慢下來了，最後終於停在田裡的西式透天厝前方，竹內把行李和茶壺拿進屋裡，叫車子回去。我觀察那間房子，看了一陣子，不過屋子裡應該沒有其他人。

詢問附近的居民，沒有人知道裡面住的是誰，只知道每天夜裡，都有五、六個男人聚在一起，在屋子一樓角落的某個房間裡，好像在做什麼化學實驗。這時，我先打電話給品川分局，請他們派兩名便衣員警監視，我就先回來了。」

小田刑警說：

「辛苦你了。看來要等到夜裡才能收工呢，你好好休息吧。」

波多野先生離開之後，小田刑警對俊夫說：

「俊夫，你剛才也聽到了，今晚七點在這邊集合，八點抵達那邊，在此之前，你們要先回去，到時候再過來呢？還是要耐著性子，在這邊等呢？」

俊夫詢問木村先生的行程，木村先生表示在找回白金之前，他不打算回家，於是我們三個人留在警視廳，決定等待六個小時。

等待還真是一件苦差事。在這種時候，總覺得時鐘的指針走得特別慢呢。好不容易熬到四點，俊夫突然對我說：

「大哥哥，我等一下有點事，要出門一趟，請你陪著叔叔吧。我一定會在六點之前回來。」

說完，俊夫便留下我們兩個呆若木雞的人，頭也不回地離開了。

無聊的時光終於結束，六點了。正覺得天色有一點昏暗，電燈就亮了。俊夫沒有食言，笑瞇瞇地走進我們的房間裡。

「大哥哥，我剛才跟P叔叔碰面，他說今天上要請大哥哥大顯身手，所以你要多吃點，貯備體力哦。」

我們吃完飯之後，時鐘敲了七下。小田刑警先派幾名幹練的刑警到現場，我們三個則跟小田刑警一起搭車，晚一步出發。

抵達大森的時候，周遭已經一片漆黑。在一座看似田中央的西式建築裡，有個實驗室一般的房間裡，七、八個男人聚在一起，好像不斷進行化學實驗。在小田刑警的命令之下，俊夫、木村先生跟我三個人站在樹蔭下，窺探實驗室，我們發現竹內也在房裡。

不久，竹內得意地拿出之前那只茶壺，交給一名看似老大的男子。老大打開茶壺的蓋子，聞一下味道，不過，他立刻神色大變，滿臉怒意。他將那只茶壺高高舉起，下一秒就把裡面的茶朝著竹內潑過去。「啊！」發出聲音的不是竹內，而是木村先生。實在是太大聲了，屋裡的男人們同時轉向我們的方向。

在那一瞬間，俊夫拿出哨子，吹出「嗶」的聲音。結果實驗室的電燈迅速熄滅，屋子內外全都伸手不見五指。

接下來發生了什麼事，就交由各位讀者自行想像了。有些惡徒還在屋裡，有些逃了出來，經過一番激烈的格鬥，最後被埋伏的警察一網打盡。我也混在人群裡，貢獻一臂之力，逮捕一名歹徒，沒想到仔細一看，對方竟然是竹內，真是太諷刺了。

大約三十分鐘後，總共八名歹徒被送上囚車。小田刑警一臉愉悅地說：

「俊夫，謝謝你啦。這裡面可是警視廳搜捕多年，絕世罕見的貴金屬竊賊呢。我再找機會好好酬謝你。你們搭那輛車回去吧。」

說完，他就搭囚車離開了。

木村先生看到溶解白金的「茶水」被人倒掉了，看起來實在不怎麼開心。俊夫很快就把木村先生拉到車子旁邊，說：

「木村叔叔，按照約定，我幫你把白金拿回來了。」

將泛著白光的金屬塊交給木村先生。

「啊！」

說著，木村先生像是用搶的一般拿過來，

「你、你怎麼會有這個……」

「我們去做X光檢查，就是為了把它拿回來。」

俊夫開始說明。

「如果不這麼做，我就不能把竹內帶去。我早一步從岡島醫生那裡回去，跟阿姨見面，假裝吃早餐，把茶壺裡的真貨換成普通的茶。後來，我把真貨換到別的罐子裡，拿到淺草的山本實驗所，請他們還原，四點從警視廳過去拿。

剛才，竊盜集團的老大看到那只茶壺裝著普通的茶，以為被竹內調包了，才會氣得潑在他身上……我們趕快回家，讓阿姨開心一下吧。」

鬍子之謎

博士的屍體將在下午進行解剖，在解剖室裡，以白布覆蓋著。傻夫取下白布，敬禮之後，便用手撫摸身體各處。脖子有一道深陷的凹痕，右鼻孔的入口處，則有少許流血的痕跡。

博士之死

那是一個好冷、好冷的一月十七日早上。自從四、五天前，下了一場近年少見的大雪，每天的天空都陰沉沉的，今天又飄起一片片的白雪。

塚原俊夫跟我吃過早餐後，在事務所兼實驗室圍著暖爐，天南地北地聊著。十點左右，有人敲了入口的大門，我開門一看，一名年約二十歲左右的美麗千金小姐，帶著浮腫的眼皮，一臉擔心地站在外面。

「請問我可以跟塚原俊夫先生見一面嗎？」

小姐遞給我一張小小的名片。

「請您轉告他，我有事相求。」

俊夫看了我轉交的名片，說：

「請她進來吧。」

名片上印著「遠藤雪子」。

不久，小姐與俊夫隔著桌子對坐。

「也許您已經知道了，我是遠藤信一的女兒。」

俊夫說：

「哦哦，遠藤老師的千金嗎？老師還是一樣熱心研究嗎？」

小姐突然露出悲傷的表情，

「老實說，家父昨天晚上過世了。」

「咦？」

俊夫大吃一驚，忍不住跳起來。

「您說的是真的嗎？」

「是的，而且他還是被人害死的。」

俊夫更驚訝了。遠藤老師是指東大的教授，遠藤工學博士，博士發現的毒氣，有別於以往人們發現的毒氣，效果非常強大，製作方法也是國家機密，聽說歐美各國還派間諜潛入，就是為了奪取這個祕密。

然而，寫著做法的紙片，不知是藏在大學的教室裡，還是藏在他家裡，除了博士之外，沒有人知道。如今，從博士的千金口中聽到博士離奇死亡的消息，我不禁想，博士是不是被想要奪取毒氣祕密的間諜殺死了呢？

看來俊夫好像也有同樣的想法，他問道：

「是不是傳聞中的間諜幹的呢？」

「不是的，我的哥哥被警察當成兇手帶走了。不過，我哥哥絕對不是會殺害父親的那種人。所以我想拜託俊夫先生調查這起事件。」

「請您詳細敘述事情的經過。」

據小姐所言，遠藤博士似乎是個急性子的人，自從五年前，夫人亡故之後，他的個性又更急躁了。公子信清是年方二十四的青年，個性跟博士父親迥然不同，喜愛文學，凡事都與博士意見衝突，由於身體欠安之故，這三年都長期住在須磨的ＸＸ旅館養病，寫小說過日子，在這段期間裡，他一次也不曾回家。

然而，六天前，也就是一月十一日晚上，博士參加某場會議回家後，罹患流行性感冒，發燒了。博士很討厭看醫生，總是自行診斷症狀後服藥。去年四月，由於退休的關係，他沒再去大學了，最近十分膽小，也許是因為生病的緣故，他突然覺得很寂寞，十二日的時候，說是有話要跟信清說，要女兒發電報叫他回來。

於是小姐在當天及十三日，向哥哥發了兩次電報，哥哥的回覆卻是不想回家。於是，博士向小姐說：「妳去須磨把他帶回來。」小姐只好請書生齋藤和婆婆看家，十三日的夜裡出發，花了兩天時間說服哥哥，昨天一大早，兩人從須磨出發，昨夜一點多才回到家。

「不過，我們昨晚回來之後，父親也不知道是什麼緣故，非常生氣，不讓我們進病房。齋藤先生出來說：『等明天早上，老師心情好一點再見面吧。』於是我跟哥哥分別在不同的房間睡覺。因為旅途疲憊，我睡得很沉，直到今天早上，婆婆才告訴我父親遇害了，我什麼都不知道。」

這時，小姐停下來，盯著俊夫的臉，又接著說：

「我詢問情況之後，得知父親在昨夜一點多，讓陪在身旁的齋藤先生叫醒哥哥，帶他過去。哥哥過去之後，看到父親躺在昏暗的房間裡，用棉被蓋著臉，父親先請齋藤先生去休息，兩人獨處之後，也沒瞧哥哥一眼，就把哥哥痛罵一頓。

哥哥也跟他吵了起來，大約吵了十分鐘，也講不出什麼重點，於是他又回到自己的房裡睡覺了。然而，今天早上，父親被人用擦手巾勒死，成了冰冷的遺體，而且那條擦手巾上還寫著哥哥留宿的須磨XX旅館，所以警視廳來的刑警就把哥哥當成凶嫌，把他逮捕了。」

說到這裡，小姐拿出手帕輕輕擦了她的臉。

俊夫問：

「關於擦手巾的事，哥哥怎麼說？」

「哥哥說他不記得掉在哪裡了。」

「請問齋藤先生來府上多久了？」

「大約半年前來的，父親非常欣賞他。」

「請問齋藤先生現在在哪裡呢？」

「他跟哥哥一起去警視廳當證人了。」

「老師的遺體在哪裡呢？」

「送到大學的法醫學教室了。」

「請問府上有顯微鏡嗎？」

「有父親使用的。」

「好，先讓我看看老師的遺體，再去府上吧。」

小姐回家之後，俊夫立刻打電話給警視廳，找到「P叔叔」，也就是小田刑警。雖然遠藤博士的案子不是小田刑警這一組負責的，在小田刑警的安排之下，還是可以看看博士的屍體。拿著血液檢查的道具與招牌偵探包，我們兩人前往法醫學教室，小田刑警已經先到一步，在那裡等我們了。

博士的屍體將在下午進行解剖，在解剖室裡，以白布覆蓋著。俊夫取下白布，敬禮之後，便用手撫摸身體各處。脖子有一道深陷的凹痕，右鼻孔的入口處，則有少許流血的痕跡。

後來，不知是想到什麼，俊夫從口袋裡拿出直尺，測量老師的鬍鬚長度。老師嘴邊的鬍鬚是漆黑的八字鬍，老師放任它生長。從下巴到臉頰沒有鬍子，不過應該是生病時沒有剃掉，叢生著不到一分[1]的濃密黑毛。俊夫認真地測量這些短毛的長度，把結果補充寫在手帳裡。接著，俊夫輕輕拉扯八字鬍，拔下兩、三根，細心保存。

檢查完鬍子後，俊夫非常仔細地檢查每一根手指，終於在右手食指的指甲裡，用鑷子夾出一、兩根很細很細的毛髮，用同樣的方式保存。

俊夫露出滿意的表情說：

「這樣就行了。」

小田刑警很喜歡看俊夫調查的模樣，陪我們在半路一起用過午餐，再去博士位於巢鴨的宅邸。

抵達博士的家，俊夫便說要先去房子外頭繞一圈，走在前面。走到後門口，看到剷除大量積雪的痕跡，也不知道把雪拿去做什麼了。俊夫盯著瞧了好半晌，才繼續邁開步伐，繞了一圈來到玄關，小姐已經從家裡出來迎接了。

俊夫向小姐說：

「請帶我去老師的寢室瞧瞧。」

寢室裡放著一張床，床上有白布包裹的棉被，俊夫把它拿走，仔細搜尋床單。後

譯註1 約零點三公分。

來，他在枕頭下方拾獲一根毛髮，加以保存。接著，他又檢查床底下與寢室的各個角落，卻沒什麼重大的發現。

俊夫突然說：

「請帶我去浴室。」

我們面面相覷，也不知道是怎麼回事，小姐沉默地帶路。

「平常是婆婆負責澆熱水嗎？」

「不是，婆婆年紀大了，浴室都由齋藤先生負責。」

「婆婆年紀這麼大了啊？」

小姐回答：

「耳朵不太好了，眼睛也看不太清楚了，不過她在這裡工作很多年了，所以我們還是繼續聘請她。」

浴室莫約兩坪大，角落設著一個三尺寬的正方形浴缸，不過被水淋濕了。俊夫仔細地檢查，結果在浴缸外側一個不太明顯的地方，發現唯一一個紅黑色的小斑點，他請小姐幫忙，把那個部分的木材連同斑點一起削下來。

浴室檢查完畢之後，俊夫向小姐提出請求，表示想要借用顯微鏡，小姐帶我們到遠藤博士的書房，並拿出顯微鏡。小姐離開之後，俊夫說：

「大哥哥，先用顯微鏡幫我看看老師指甲沾黏的毛髮。」

我立刻把那些毛髮放在載玻片上，再置於顯微鏡下方。仔細一看，如圖所示，是形狀宛如筆頭菜的毛，我這輩子從沒見過這樣的毛。

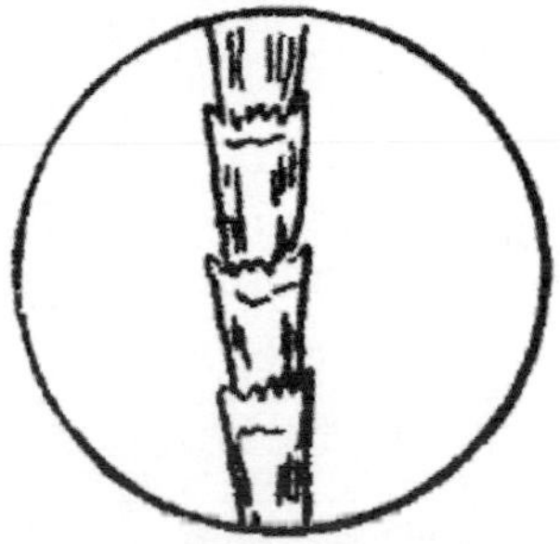

我說：

「俊夫，我看不懂，你來看看。」

俊夫看了一會兒，不久便露出微笑。

我問：

「你知道這是什麼嗎？」

「知道啊，這是蝙蝠的毛哦！」

「咦？蝙蝠？」

小田刑警和我都不禁大叫出聲。遺體的手上有蝙蝠毛！好了，這代表什麼呢？

詭異的電話

俊夫接著又要我將從遠藤博士屍體上拔下來的鬍子，以及落在床上的毛髮，都用顯微鏡看一看。

我取出兩根毛髮，用顯微鏡一看，從屍體拔下來的毛如圖A，有毛根，尖端也就是遊離端，像樹枝一般，分成三、四股，至於床上的那根毛髮，長度幾乎一致，卻如圖B所示，兩頭都有剪刀剪過的痕跡。

俊夫窺視顯微鏡，滿意地說：

「大哥哥，床上的毛是假鬍子哦。」

我嚇了一跳，問道：

「什麼？假鬍子？」

「對啊。活生生的人可不會長出兩頭都用剪刀剪過的毛髮哦……好了，接下來幫我檢查浴缸沾到的血跡吧，只要知道是人類的血就行了。」

想要檢查血跡是不是人類的血液，可以檢查血跡裡的紅血球形狀，不過還有更準確的方法，就是將血跡溶在食鹽水裡，再與「沉澱素」混合，看看是否發生沉澱現象。將人類的血液注射到兔子身上，讓兔子的血液與人類的血液混和，就會出現白色的沉澱物質，取出這隻兔子的血液，分離血清，放在玻璃試管裡保存，避免腐壞，就成了沉澱素。

我先在培養皿上，放入少許溫鹽水，再用細玻璃攪拌棒將俊夫削下來的木板血跡溶進水裡。接下來，取出我們帶來的沉澱素，取少量放進細長的試管中，大約十五分鐘後，再把溶化血跡的液體加入沉澱素裡，立刻出現白色的沉澱物質。

光是這個實驗還無法斷定這是人類的血液。這是因為與人類相近的動物，也就是猿猴的血跡，同樣會形成沉澱物質。不過，要辨別人類的血液或猿猴的血液，必須帶回我們的實驗室，否則無法辨識。在這種情況下，浴缸不太可能出現猿猴的血液，所以我想把它當成人類的血液，應該沒什麼太大的問題。

當我在進行上述實驗的期間，俊夫搜查書房的每一個角落。拉開書桌的抽屜，翻找裡面的東西，拿出書架上的書，把它甩一甩。最後，他盯著書桌旁的書架，掛在側面的丸善「日曆」，不知是想到什麼，把它拿下來仔細翻找，不久，他大叫：「找到了，找到了。」

俊夫叫得實在是太大聲了，站在我身旁的P叔叔，也就是小田刑警嚇了一跳，問道：

「找到什麼啦？俊夫。」

「讓遠藤博士短命的東西。」

「什麼？」

俊夫得意地說：

「是毒氣的祕密哦。」

「殺害遠藤老師的犯人想要掌握老師發現的祕密，把這間書房都找遍了。不過，老師果然高人一等，可沒做出那種藏在金庫裡、書桌抽屜裡還是書裡的蠢事。

老師把毒氣做法的祕密分成四、五張，寫在這本丸善『日曆』十二月下旬的地方。每年十二月底都會送來新的日曆，收到之後，老師就會謄寫在新的日曆上吧。沒人想得到，每天都要撕的日曆裡，竟然寫著重大的祕密。這就是遠藤老師的厲害之處。所以犯人終究沒能找到。」

說著，俊夫將「日曆」放進口袋裡。

「這份日曆我先借走了。這樣一來就能抓到犯人了，千萬別說溜嘴囉……話說回來，大哥哥，血跡檢查的結果怎麼樣？」

俊夫看著試管裡的白色沉澱物，說：

「這果然是人類的血液吧。好，大哥哥，你去請小姐過來。」

雪子小姐走進書房，俊夫便問：

「請問一下，開學是什麼時候呢？」

「這個月的二十一日。」

「放假的時候，老師去過學校嗎？」

「沒有，他一直關在家裡。」

「昨天晚上，您從須磨回來的時候，有去老師身邊嗎？」

「沒有，他心情不好的時候，反而會把他惹火，所以我站在寢室的入口。」

「您說過寢室很昏暗吧？」

「父親不喜歡在明亮的地方睡覺。」

「老師的聲音，跟平常有沒有什麼差別？」

「有一點沙啞，也許是生病的關係吧。」

「老師每天都會刮鬍子嗎？」

「他不喜歡刮鬍子。」

「最近一次刮鬍子，是什麼時候呢？」

「他病倒的十一日早上。那天晚上要開會，所以他心不甘情不願地刮了。」

「他上次洗澡是什麼時候呢？」

「我出門找哥哥的十三日傍晚。」

「不過，我剛才檢查的時候，浴室還是濕的耶。」

「每天早上，書生齋藤先生都會洗冷水澡。」

俊夫想了一會兒，又問道：

「老師有沒有親戚呢？」

「我有一個叔叔。他是父親的弟弟，目前應該在韓國。」

「他在做什麼呢？」

「好像沒有什麼固定的職業。他也說自己是韓國無業遊民。」

「他跟老師不一樣，應該是一個怪人吧？」

「他是一個很怪的人。很喜歡拿一些裹蛇皮的拐杖，或是蟾蜍皮做的錢包、狼牙做成的印章。」

俊夫的臉龐瞬間露出愉快的光采。這時，警視廳的白井刑警帶著一名青年走進來。小姐見了青年便問：

「啊，齋藤先生，哥哥現在怎麼了？」

書生齋藤還沒回答，白井刑警就先開口說：

「信清先生還不能回來。我來這裡，是要問小姐一些事情。」

說著，他看到小田刑警，便說：

「小田，你在這裡做什麼？」

「我帶俊夫過來。」

於是，白井刑警用一種瞧不起俊夫的語氣說：

「哦，俊夫，辛苦你啦。」

俊夫問：

「我接到小姐的委託，前來叨擾。對了，解剖的結果如何？」

「死因好像是勒殺。」

「那種事一開始就知道了哦。」

俊夫笑著對齋藤說：

「齋藤先生，聽說老師昨天晚上心情非常差，對吧？」

「很差呢。」

「一點的時候，是你去叫信清先生的吧？」

「是我。」

「老師跟信清先生吵架了嗎？」

「好像起了口角。我先去睡了，也不是很清楚。」

「今天早上發現老師死亡的人是誰呢？」

「是婆婆。」

「婆婆怎麼了？」

這時，小姐才開口告知，博士之死讓婆婆受到不少驚嚇，渾身不舒服，現在在房裡休息。

「大哥哥，你過來一下，我想請你替我跑個腿。」

說著，俊夫意有所指地使了個眼色，走出房間，我跟在他後面走出去。

來到玄關，俊夫小聲地對我說。

「大哥哥，不好意思，等一下要請你躲在電話室後面的儲藏室裡，接下來，我會去書房說日曆的事。這樣一來，肯定會有人來打電話。請你聽一下這個人打給幾號的誰，聊了什麼內容，再寫在這張紙上，內容你聽不懂也沒關係。」

我接過紙與鉛筆，按照他的指示，蹲在昏暗的儲藏室角落，豎起耳朵等待某人來打電話。一分鐘、兩分鐘、三分鐘，這種時候的一分鐘，相當於一個小時。周遭鴉雀無聲，我甚至聽得見自己的心跳聲。

莫約十分鐘過後，電話室的門安靜地打開了。

「請幫我轉大手的三二五七號。」

打電話的人正是書生齋藤。

「喂，我這裡是大路四丁目的蔦屋，請幫我找青木先生。」

過了一會兒，齋藤開始說起某件事，不過他好像在講什麼專業術語，我根本聽不懂他在說什麼。大約說了三分鐘左右，門再次悄悄關上，他走向遠處。

這時，我離開儲藏室，把剛才聽見的內容寫在紙上，走進書房裡。俊夫走出來，說：

「大哥哥，辛苦你了。」

同時接過紙條，看了一遍之後，又補充寫了幾句話，交給小田刑警。

「P叔叔，不好意思，接下來要請您跑個腿。待辦事項寫在這裡了。」

只要是俊夫說的話，小田刑警總是照單全收。

「好，白井，我先走了哦。」

說著，小田刑警就離開了。

朝鮮浪客

小田刑警離開後，我們五個人（白井刑警、俊夫、小姐、書生、我）沉默了好半晌，你看看我，我看看你，彼此面面相覷，不久，白井刑警用不安的語氣問俊夫：

「俊夫，你已經知道犯人是誰了嗎？」

俊夫一臉不懷好意地說：

「欸？犯人不是信清先生嗎？」

「因為證據只有那條擦手巾嘛……」

「您再去蒐集更多其他的證據如何？」

「所以我才來打聽犯罪的動機嘛。」

「您是指財產嗎？反正遠藤老師過世之後，財產自然是信清先生的吧？」

「我想來問一下，他最近有沒有做出奪取財產的行為啊？」

俊夫說：

「小姐，請問如何？」

「哥哥的身體虛弱，沒辦法出門遊玩，我聽從父親的命令，每個月都會寄給他一百五十圓，不過他連這些錢都花不完。」

小姐回答的時候，不僅回答了白井刑警的問題，並仔細描述哥哥溫順的個性，末了，連白井刑警都說：

「哼哼，所以殺人的動機果然還是毒氣的機密吧。」

俊夫心不在焉地聽著白井刑警與小姐漫長的問答，經常掏出懷錶查看，看來有些心神不寧，差不多是小田刑警離開的半小時後，他突然大聲說：

「白井先生，請快點放信清先生回來。喂，齋藤先生，信清先生是無辜的吧？」

書生有點意外地說：

「我不知道。」

白井刑警也被俊夫的聲音嚇了一跳，問道：

「為什麼？」

「白井先生，我為什麼要問這個問題呢？因為老師被殺害的時間，並不是昨天夜裡。」

「咦？」

白井刑警非常訝異，我們也被意外的發展嚇得目瞪口呆。

「老師遇害的時間至少已經三天了。」

白井刑警說：

「什麼？」

「哈哈哈，您不用這麼驚訝。所以昨天夜裡才回來的信清先生，不可能殺害他吧。」

白井刑警氣喘吁吁地說：

「你有證據嗎？」

只見俊夫愈來愈平靜，大叫：

「我不只有證據，還知道犯人是誰。」

小姐和書生都一臉認真地盯著俊夫。

白井刑警問：

「是誰？」

「各位聽好了。殺害遠藤老師的人，是沒有鬍子，聲音沙啞的男性，冬天戴著蝙蝠皮縫製的圍巾。」

小姐叫道：

「啊，那不是我叔叔嗎？叔叔應該在韓國啊！」

這時，身旁的書生齋藤轉身就逃。

「抓住他！」

俊夫指著他，於是我撲上去，抓住書生，他拚命地掙扎。

「白井先生，快把齋藤拷起來，齋藤是共犯。」

白井刑事慌慌張張地，總之還是聽從俊夫的話，拷了手拷，齋藤的臉色宛如死人一樣蒼白，低著頭。

這時，方才離開的小田刑警氣喘吁吁地走進來。

儘管在冬季，小田刑警仍然不斷擦拭額頭的汗水，看似高興地說：

「俊夫，我們順利抓到人了。」

「謝謝。」

說著，俊夫走到齋藤身旁。

「雖然齋藤很可憐，不過，你還是要面對你犯下的罪行。你就坦白招供吧。因為蔦屋的青木先生，不對，應該是小姐的叔叔，已經被逮捕了。」

齋藤閉著眼睛，沉默不語。

「很好。」

俊夫說：

「你不招的話，就由我來幫你，說明你們犯罪的始末吧。你對遠藤老師恩將仇報。你成為老師的弟弟，也就是朝鮮浪客的爪牙，在小姐動身前往須磨的十三日晚上，兩個人聯手勒死生病的老師，把老師的屍體放進浴缸裡，取雪填進浴缸，以免屍體腐爛，就在小姐與信清先生回來的昨天晚上，將屍體搬到床底下，叔叔貼假鬍子躺在床上冒充老師，假裝發脾氣，不讓小姐接近，接著只叫來信清先生，把電燈調暗，遮住半張臉，大吼大叫跟他吵架，等到信清先生就寢之後，再把屍體抬到床上，剛好撿到信清先生掉落的擦手巾，就把它纏在老師的脖子上，企圖嫁禍信清先生，讓他頂罪。

喂，我沒說錯吧。朝鮮浪客不知何時成了外國的間諜，想要奪取國家的重大機密。不過，老天爺不會保佑壞人的。即使你們費了好一番工夫殺死老師，最後還是找不到最關鍵的毒氣祕密，對吧？

你們兩人趁小姐出門、婆婆老糊塗，從書房找起，拚命翻找房子的每一個角落吧。不過，最後反而被半路殺出來的我搶走了，你覺得很遺憾，忘了危險，打電話給本人，對吧？你們大概也談好，打算在今晚殺了我，奪走祕密吧。

不過，你們的運氣也用完了。因為這個緣故，我們才能輕而易舉地逮捕罪行重大的賣國賊，沒讓珍貴的祕密流到外國，大日本帝國萬歲。

白井先生，這樣一來，你也不會空手而回了。快把齋藤帶走，放信清先生回家吧。」

直到前一刻，白井刑警都忘我地聽著俊夫出人意表的說明，這時，他突然回過神來，催促齋藤，同時與眾人打招呼，很快就離開了。

後來，只剩下P叔叔，也就是小田刑警跟小姐與我們兩人，正好四個人留在書房裡。小姐輕輕拭去悲喜交雜的淚水，說：

「塚原先生，真的非常感謝您。雖然父親的死讓我十分悲傷，不過能洗清家兄的嫌疑，守住重要的毒氣機密，我也放下心上的大石頭了。都是靠大家的幫忙。

話說回來，叔叔真是太殘忍了。把我嚇了一大跳。不過，您是如何得知幕後主使者是叔叔呢？」

俊夫得意地說：

「解決這起事件的，是老師的鬍子哦。不對，不是老師的八字鬍，而是從下巴到臉頰的短鬍鬚。老師明明在十一日就生病了，我看過老師的臉龐後，發現他的鬍子卻沒長多少，讓我嚇了一跳。很少人會在生病的時候刮鬍子，假如十一日早上刮過鬍子，到了昨天晚上，應該會留得更長才對。

於是我拿出直尺，測量鬍子的長度，大約只有一點五公分，沒有任何一根超過兩公分。人的鬍子每天大約會長出零點五公分，如果老師昨天晚上還活著，至少要有二點五公分以上。所以我才判斷，老師並不是在昨天晚上遇害。

這樣一來，昨天晚上在老師床上的人，一定是老師的替身，所以我搜查床上，找到一根假鬍子。如果是替身，也怪不得會大吼大叫，不讓小姐接近了。信清先生已經很久沒見到父親，尤其是在昏暗的室內，根本搞不清楚對方是父親的替身。

回到替身身上，我們可以知道這個男人才是殺害老師的犯人，同時，齋藤勢必是共犯了。所以殺人的動機是什麼呢？不用我多說，一定是為了奪取毒氣的祕密吧。同時，犯人他們在昨晚之前，大概沒找到那個祕密吧。於是我搜索書房，祕密果然藏在這裡。

其次，我又想，如果是在三天前殺人，在這段期間，屍體到底藏在哪裡呢？於是，我想起走進這棟房子之前，看到後門被人鏟走大量的雪。

他們鏟雪，大概是為了冰存屍體吧。這樣一來，我想屍體一定是放在浴缸裡，再填滿雪，所以我仔細檢查浴室，果然發現一處血跡。那個血跡應該是從老師的鼻子流出來的吧。一定還有其他血跡，不過，齋藤大概假裝在洗冷水澡，把它們沖掉了。

最後，我思索假扮老師替身的男人是誰。老師的替身一定跟老師很像，於是我詢問老師有沒有親戚，小姐便說有一個叔叔，而且他還是個怪人，喜歡用一些蛇皮、蛤蟆皮做的東西。

這時，我想起老師指甲裡的蝙蝠毛，由於是冬天，所以那個人應該圍著蝙蝠皮拼接製成的圍巾吧。勒緊老師的脖子時，老師掙扎了，所以當時蝙蝠毛才會落入指甲裡。我的推測果然沒錯……」

當天，信清先生就獲得無罪釋放。猶如俊夫的推測，主嫌是遠藤博士的親弟弟，他供稱某強國付了鉅款給他，要他奪取毒氣的祕密，所以他收買書生齋藤，殺害博士。殺人之後沒有立刻逃走，也是因為沒能找到祕密，還有計劃嫁禍給兒子，以求平安脫身。

於是，多虧了俊夫，終究守住了毒氣珍貴的祕密。

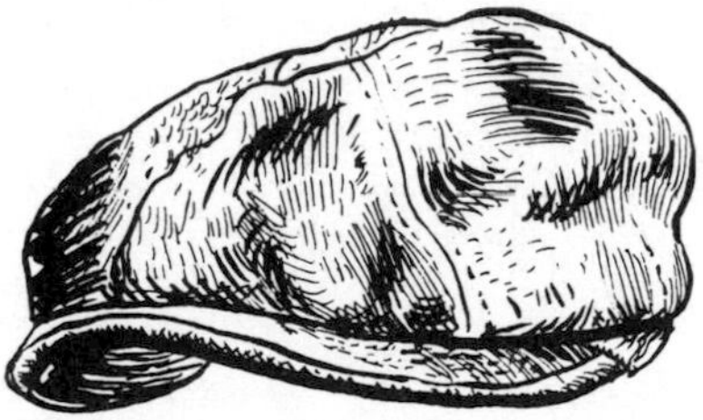

顱骨之謎

如果不是富三的顱骨，被視爲嫌犯遭到逮捕的富三繼母，將會即刻獲得釋放，這樣一來，被殺害的人又會是誰呢？是跟富三一起下落不明的津田榮吉嗎？

山中的骸骨

那是五月中旬，實驗室前院的毛泡桐嫩葉總算長齊的某個早晨。塚原俊夫口中的「P叔叔」，警視廳的小田刑警難得穿著一身便服，來到我們的事務所兼實驗室。小田刑警是東京附近，△△縣鄉下來的人，那座村子的小田刑警親戚家裡，發生一起事件，所以前來委託俊夫，請他解決事件。

距今正好五天前，△△縣XX村附近的深山裡，有兩名農夫去挖掘前幾年關東大地震[1]造成的山崩處，沒想到竟然在一棵松樹的根部，意外發現一名十二、三歲的少年屍體。死者應該死亡多時，包裹在單衣[2]裡的身體，一旁放著學校帽子的頭部，幾乎都化為骸骨，根本不知道是哪個地方的誰了。

兩個農夫嚇了一跳，跌跌撞撞地跑到F鎮的警察局，緊急通報事發的經過，警察

譯註1　一九二三年九月一日，發生於關東平原的強烈地震。
譯註2　沒有內裡的輕便和服，通常於初夏及初秋時穿著。

局立刻派出三名員警，趕往現場調查。

被挖出來的屍體穿著紺絣[3]的筒袖[4]單衣，纏著黑色的兵兒帶[5]，頭的部分包著擦手巾，繞到後方打結。掉落在頭旁邊的學校帽子，徽章無疑是來自XX村的小學，懷裡的零錢包空無一物，木屐烙著「草野」的烙印。

那座山位於XX村到F鎮的半路上，發現屍體的位置，平常好像是人煙罕至的地方。不過，聽到傳聞的村民們爭先恐後地聚過來，不久，得知死亡的少年，是村裡相當有錢的資本家——草野總三的長子，草野富三。尤其是他的母親到場後，表示衣服和木屐全都是富三的物品，雖然臉孔已經無法辨識了，如今已經沒有任何懷疑的餘地。

故事要回溯到大正十二年[6]的八月三十日。死亡的少年草野富三，跟同年級（尋常六年級生）的少年津田榮吉，各自從家裡拿走五十圓[7]，就此行蹤不明。兩個人是連學校老師都束手無策的不良少年，過去也經常蹺家，不過偷走這麼一大筆錢，倒是很少見，有人表示看見兩個人一起前往F鎮，也有人說看到富三搭乘前往東京的火車，兩家分別等了一整天，終於了解他們不會再回來了，便分別派遣使者，命他們在九月一日早上造訪東京，前往可能的落腳處。

後來，就是那場大地震了。派去找兩名少年的人們、少年們，可能全都燒死了，再也沒有人回來，所以大家認為他們化為東京的塵土了。

然而，理應前往東京的富三，為什麼會死在這樣的深山裡呢？說不定另一名少年榮吉，也一起被山崩掩埋了，於是村民齊心協力，挖掘附近的土壤，終究是沒能發現榮吉的屍體。

為什麼富三會獨自來到這樣的深山呢？警察先傳來目擊兩名少年前往F鎮的人，仔細詢問，畢竟事情已經過了一年半，他的回答含糊不清，說不定兩人還是分別偷走家裡的錢吧。

於是警察繼續推測，從零錢包空無一物，以及脖子上纏著擦手巾，推斷富三可能

譯註3 在深藍底色染出白色圖案的布料。

譯註4 指呈筒狀的袖子。

譯註5 一種男性的和服腰帶。

譯註6 西元一九二三年。

譯註7 當時上班族的年收入約為六百圓。

被強盜帶進深山裡勒殺，再搶走他身上的五十圓。

不過，強盜又是誰呢？這種事也沒人知道，警察想要緝捕犯人到案，於是質詢富三家的情況，認為富三的母親涉有重嫌。

這是由於富三是母親阿房的繼子，警方推斷一定是她為了讓富三同父異母的弟弟繼承家裡的財產（父親已經於數年前過世），才會將富三帶到深山，將他殺害，聽說榮吉捲款逃家，便宣稱富三也拿錢離開了。

因此，警察將富三的繼母阿房拘捕到警察局，嚴厲地偵訊她。結果如何呢？繼母阿房坦誠自己殺害富三。

據說小田刑警與繼母阿房是表兄妹關係，他跟繼母見面與談話，結果堅信阿房絕對沒有殺害富三，都是被逼供的，他本來打算親自調查，只不過，由於職掌的關係，不方便涉入，於是來委託俊夫調查這起事件。

「我知道了。看來是很有趣的事件呢。」

聽完小田刑警的話，俊夫爽快地說：

「總之，我必須先看過那具屍體。我現在就可以出門，請您帶路吧。」

我們三人很快就搭乘火車，來到F鎮。一踏進警察局，小田刑警便說：

「俊夫，你要不要見阿房女士呢？」

俊夫回答：

「不了，我先調查屍體吧。看情況再說，有需要再跟她見面吧。」

屍體置於另一個房間。那是一具慘不忍睹，已經泛黑的骸骨，帽子、衣服等附屬品則排在一旁。俊夫先是拿起顱骨，端詳了一陣子之後，對小田刑警說：「要是有富三的照片，請幫我借一張。」

小田刑警離開之後，俊夫開始調查放在骸骨旁邊的附屬品。全都已經破損、腐爛了，俊夫十分小心翼翼地拿取，先是拿起帽子，套在顱骨上，尺寸剛剛好，甚至還有一點小。

俊夫不知道想到什麼，露出微笑，將戴著帽子的顱骨放在一旁，接著檢查破損的絣織單衣。也許是想到什麼可疑的事，他歪著頭想了一會兒，隨後拿出手帳，畫出後面的圖，還如圖示，寫下一句話，「沾到泥巴的地方」。

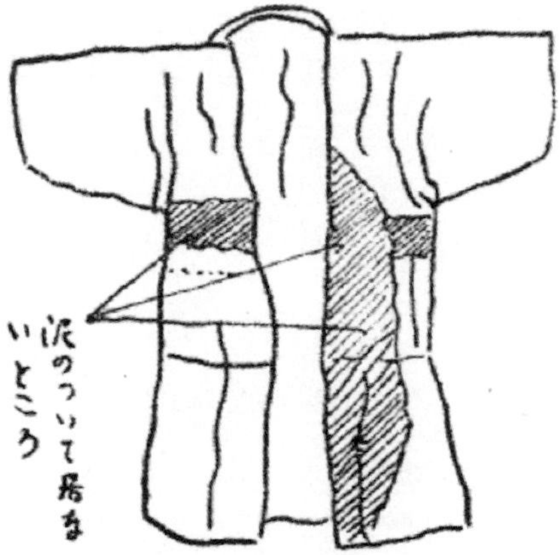

（圖：沾到泥巴的地方）

後來，俊夫仔細地檢查木屐、錢包跟兵兒帶，似乎沒什麼可疑的地方，他並沒有在手帳留下任何紀錄。

就在忙東忙西的時候，小田刑警帶著富三的照片回來了。那是一張明信片大小的清晰半身照，沒戴帽子，長得一副狡滑的模樣。俊夫盯著照片看了一會兒，又拿起戴帽子的顱骨，兩相比較，接著把帽子摘下來，看來看去，不久，他總算對小田刑警說：

「P叔叔，我想調查一些地方，請您幫我申請，讓我外借這顆顱骨一週吧。」

小田刑警立刻去申請，過了很久都沒回來。

俊夫憤慨地對我說：

「大哥哥，鄉下地方的警察真不懂變通耶。這樣一來，我就不能進行真正的調查了。」

等了兩個多小時，小田刑警終於露臉了，他說：

「我總算說服他們，可以借走了。」

小田刑警又接著問：

「俊夫，你要不要見見阿房女士呢？」

「不用急著在今天見面。我更想去榮吉的家，去見他的母親。」

榮吉有五個兄弟姊妹，父親已經不在了，母親雖然是親生母親，不過她認為是富三害榮吉變成不良少年，十分憎恨富三，也是由於富三的唆使，榮吉才會帶走一大筆錢，她感到非常憤怒。

她還認為，富三之所以變成那樣任性妄為的孩子，全都是那個繼母的錯。那個繼母是惡魔，所以才會殺死富三，最後終於遭到天譴了，她不知道小田刑警是阿房女士的親戚，對著我們不斷痛罵阿房女士。俊夫沉默地聽著她的話，突然露出壞心眼的目光：

「請問榮吉先生是跟富三先生一起離家出走的嗎？」

「當然啦，他都是被唆使的。」

「如果是真的，榮吉先生應該親眼目睹富三先生遭人殺害的情況。」

榮吉的母親回答：

「你怎麼會知道這種事？」

「我當然知道啊。如果富三先生慘遭殺害，榮吉先生就在一旁，表示殺人的是……」

俊夫還沒把話說完，對方似乎已經聽出他的弦外之音，瞪大了眼睛，非常訝異。

「欸，你這孩子真沒禮貌。竟敢說這種話……」

說著，轉身就走進房裡了。

老實說，俊夫原本打算來借榮吉的照片，卻惹火他的母親，只好空手而歸。

在返回東京的火車上，俊夫對小田刑警說：

「P叔叔，回到東京後，請您立刻通知報社記者，發一篇明天的新聞稿。內容是XX村的事件，經過塚原俊夫的調查，推測繼母並不是犯人，俊夫為了證實他的推斷，將復原顱骨。這是日本首次嘗試顱骨復原，不過俊夫一定能順利成功吧。結果應該可以得知慘遭殺害的少年長相，若少年並非富三，事件也許會朝向意外的方面發展。」

一直以來，俊夫從未炫耀過自己的能力，現在卻誇口表揚自己，這到底是怎麼一回事呢？此外，慘遭殺害的不是富三，而是另有其人嗎？

復原顱骨

俊夫將復原千葉縣ＸＸ村深山裡挖到的他殺屍體顱骨，這件事經過報紙大肆宣揚，全市的人們都非常好奇與期待，引頸期盼結果，有些人比較心急，甚至還造訪我們的事務所，想要見識復原的情況，不過俊夫全都回絕了，就連我都不能靠近製作室，獨自一人展開作業。

這時，我想起應該先跟大家聊聊復原顱骨這件事。所謂的復原顱骨，為顱骨加上肉，並不是黏上真人的肉，簡單來說，就是在顱骨表面塗上等量的物質，塑造出在世時的臉孔。

一般來說，塗上雕刻時使用的「輕黏土」是最方便的做法。光看顱骨，無法得知這個人先前的長相，復原加肉之後，認識的人看了就能立刻認出來，相當有利。

復原顱骨絕對不是一件簡單的作業，西方也鮮少出現成功復原的人。距今三十多年前，在德國萊比錫市某座教堂的墓園裡，挖出音樂家巴哈（Johann Sebastian Bach）的遺骸，由於巴哈的骨骸與其他人的骨骸混在一起，於是復原顱骨來判別，解剖學家希氏（Wilhelm His Sr）接下這個重責大任，教授指導雕刻家塞弗內（Carl Seffner）進行復原，完成了酷似巴哈生前肖像的頭像。

由於成品實在是太像了，人們甚至謠傳塞弗內八成偷偷看著巴哈的肖像畫，參考畫像製成的。只要有照片還是肖像畫，在沒有顱骨的情況下，有時仍然可以雕塑出逼真的頭像。

實際上，前幾年在紐約地底挖出一名他殺的男性屍體，當時也不知道身分，於是由一名叫做威廉的警探成功復原顱骨，得知該名男子的身分，最後終於找到兇手。

好了，俊夫曾經在書上讀過這些資訊，自己也遇到真實的事件，才萌生復原顱骨的念頭，所以俊夫欣喜若狂，果敢地接下這件工作。

他以前練習過好幾次，看著照片，製作出與照片一樣的臉孔，不過復原顱骨可是第一次嘗試，同時，俊夫的復原與解決事件也有重大的關係，因此，俊夫必須非常謹慎行事。

俊夫帶回來的顱骨，真的是草野富三嗎？我看著俊夫調查的狀況，推測俊夫並不認為那是富三的顱骨。如果不是富三的顱骨，被視為嫌犯遭到逮捕的富三繼母，將會即刻獲得釋放，這樣一來，被殺害的人又會是誰呢？是跟富三一起下落不明的津田榮吉嗎？不過，屍體的衣物、帽子與木屐，全都是富三的所有物，假如遭到殺害的人是津田榮吉，到底又代表什麼呢？

無論如何，現在只能等待俊夫的復原結果了。幸好俊夫已經取得富三的照片，復原的結果應該能立刻得知是不是富三。

從鄉下回來的隔天開始，俊夫就待在寢室隔壁的製作室，不讓任何人接近，成天都在工作。他本來就買了很多石膏和輕黏土，工作方面不虞匱乏，出來吃飯的時候，手上老是沾滿白色的物體，吃完飯之後，又立刻回到製作室。

剩下我一個人留在事務所，我覺得無聊至極，可是，要是我不小心闖進製作室，不曉得會被罵得多慘，只好一直忍耐。P叔叔，也就是警視廳的小田刑警好像也迫不及待，經常打電話詢問復原的進度，我也只能回答：「請再稍待一陣子。」

那是俊夫窩進製作室後，第二天夜裡的事。由於日間的疲勞，俊夫睡得很熟，我則是一整天無所事事，根本睡不著。不過，過了十二點之後，總算是睡著了，正當我睡得迷迷糊糊的時候，製作室突然傳來喀嗒喀嗒的聲響，於是我醒了過來。

我豎起耳朵，聽了一會兒，看來好像不是老鼠，於是我一躍而起，壓低了腳步聲，走進製作室的門口，不久，製作室裡的聲音停下來，接著聽見像是在地面奔跑，嗒嗒嗒的腳步聲。我大吃一驚，把俊夫搖醒。

「俊夫，快起來，有人在製作室裡！」

俊夫立刻跳起來，馬上拿來鑰匙，打開製作室的門，扭開入口處的開關，製作室瞬間一片光明，裡面收拾得很乾淨，到處見不著類似顱骨的物品。不過，看到角落的玻璃窗破了一片，把我嚇了一大跳。這時，俊夫大叫：

「啊，被偷走了！」

「什麼！」

「顱骨！」

「這下糟了！」

說著，我望向俊夫的臉，俊夫似乎一點也不覺得遺憾，不久便跑到破掉的窗戶旁，以手電筒掃射地面，並沒有留下什麼足跡。俊夫四處檢查了好一陣子。

「總算來了吧！」

「咦？」

我嚇了一跳。

「要來的話，我想應該是今天晚上！」

「誰？」

我愈來愈意外了。

「小偷啊！」

說著，俊夫露出賊笑，打開藏在地板底下的祕密箱子，從裡面取出那顆顱骨。

「什麼啊，這不是沒被偷走嗎？」

我撫著胸，鬆了一口氣。

「沒有啊，被偷走了哦。不過，他偷的是替代品！我用石膏開模，複製了一顆相同的顱骨，把它放在這張書桌上。小偷以為那是真正的顱骨，把它偷走了哦。這是個連石膏跟真貨都搞不清楚的小偷，大哥哥應該心裡有數吧？」

不過，我根本摸不著頭緒。那個小偷偷走顱骨，到底是為了什麼目的呢？而且，俊夫似乎早就預料到這件事。

過了一會兒，我問：

「還有其他東西被偷嗎？」

「他的目標是顱骨，所以沒偷走其他東西哦。」

「你已經知道了嗎？」

「對啊，其實是我把小偷引來的。」

「咦？為什麼？」

「你還問為什麼啊，大哥哥，這不是擺明了嗎？我讓報紙大肆報導，就是為了把這個小偷叫來啊。」

「為什麼要叫他來？」

俊夫狡猾地笑著，

「老實說，我是在測試，看小偷會不會來！」

這個小偷到底是哪一號人物呢？

百貨公司前

各位讀者肯定很想快點知道俊夫「復原」的結果吧？尤其是我，明明住在同一個屋簷下，卻不能進入俊夫的製作室，更是心急難耐。

這時正好製作室遭小偷了，他不知道是贗品，把顱骨偷走了，兩天後的上午，俊夫說要出去辦事，便叫我一個人看家，他獨自外出，大約三個小時便回來了。

「大哥哥，讓你看個好東西。」

說著，他取出四隻義眼與一盒剪短的頭髮。

「這個要做什麼？」
「用這些來代替眼睛跟頭髮。義眼是在銀座買的，頭髮是在轉角理髮廳要來的。」
「所以可以做出跟在世時一模一樣的模樣嗎？」
「沒錯，和服店櫥窗不是經常擺蠟像嗎？我要做成那樣。」
「不過用不著四隻義眼吧？」
俊夫臉上浮現狡猾的笑意，說：
「我要從裡面選出比較適合的哦。」
「所以什麼時候會完工？」
「今天四點左右！」
「咦？真的嗎？」
「對啊，所以啦，大哥哥，幫我打個電話給P叔叔，請他四點過來。」
P叔叔，也就是小田刑警在三點半來訪。等待俊夫製作完成的期間，小田刑警跟我討論這次的事件。我告訴他前天夜裡遭小偷的事，還有這件事早在俊夫的預料之中，小田刑警聽完嚇了一跳。

我問：

「您覺得如何呢？我覺得那顆顱骨並不是草野富三的。」

「我也是這麼想。不對，我希望如此。」

小田刑警想要保護相當於他表姊妹的富三繼母，紅著眼眶回答。

這時，製作室的門打開了，俊夫叫我。

「大哥哥，我終於完成了，你跟P叔叔一起過來。」

我們的心噗通噗通跳著，進入製作室。中央的桌上，擺著一個男孩的首級。我們忍不住湊近。靠近之後，我嚇了一跳，愣在原地。

小田刑警大叫：

「啊，是富三！」

那顆首級的臉龐與照片所見的富三分毫不差。首級栩栩如生，我實在不忍直視。

小田刑警受到的驚嚇似乎比我還嚴重。那也是無可厚非，如果那具是富三的屍骨，那就沒機會挽救坦誠殺害富三的繼母阿房女士了。小田刑警呆呆地站了好半晌。

也許是察覺他的想法吧。俊夫把小田刑警帶離製作室，附在他的耳邊，說了一段很長的悄悄話。於是小田刑警這才露出微笑，還擺出一副非常放心的表情。

「P叔叔，從明天開始，請將這顆首級擺在神田藤屋百貨公司的櫥窗，供一般民眾參觀。還要讓報紙報導這件事。另外，明天請把富三跟榮吉的母親都叫來警視廳。」

說完之後，俊夫便要我們退到房外，很快就拿出一個可以裝進兩顆首級的大木箱，交給小田刑警，小田刑警邁開果敢的步伐離開。

第二天早上的報紙報導了俊夫首度在日本復原成功，復原結果發現死者是富三，此外，復原的首級將自上午九點起，陳列於藤屋百貨公司。

我們在九點之前做好準備，打算前往藤屋百貨公司。

「大哥哥，今天要請你大顯身手囉。」

「什麼？」

「要逮捕前幾天夜裡來這裡的小偷哦。」

「咦？小偷？他在哪？」

「他今天應該會來藤屋百貨公司哦。」

我嚇了一跳，不停追問，不過壞心眼的俊夫沒有透露其他訊息。

我們前往藤屋百貨公司，店裡已經擠滿群眾。一走進店裡，穿便服的小田刑警就走過來，帶我們前往特別室。那個房間經過特別的設計，站在那個房間的窗簾後方，就能看清楚群眾的臉孔。

小田刑警說：

「俊夫，剛才已經把富三跟榮吉的媽媽帶到警視廳了。」

「謝啦。」

這時，兩名小田刑警的屬下，穿便衣的刑警走進來，跟小田刑警討論過後又出去了。

終於到了九點，藤屋的店員親手將富三的首級安放在櫥窗裡。人們比對放在一旁的富三照片，發出驚嘆之聲。我們從窗簾後方，眺望群眾的臉孔。我實在是很想早點看到小偷長得什麼模樣，但是俊夫一直不肯透露。正當時鐘走到十點半，俊夫說：

「啊，他來了！」

他手指著角落。那是一名穿著紺絣，頭戴狩獵帽，年約十二、三歲的小鬼頭，他十分認真地盯著復原的首級，見了他的臉，我心頭一驚。這是因為，他那張臉跟裡頭復原的首級一模一樣。

「抓住他。」隨著小田刑警的一聲令下，我們衝到店門口，小鬼已經被方才那兩個刑警抓住了。

把小鬼交給兩名刑警，小田刑警跟我們兩人先一步來到警視廳。兩名母親待在同一間房裡等候，榮吉的母親一見到俊夫，便鼓起雙頰。

富三的母親，也就是阿房女士，則是第一次與我們見面。我的第一印象是，這麼溫柔的人怎麼可能犯下殺人案。兩名母親都不知道富三的首級放在藤屋百貨公司，供一般民眾參觀的事。

俊夫對小田刑警說：

「P叔叔，請把那個拿來。」

不久，小田刑警就把之前那個木箱拿來了。俊夫把兩名母親叫過來，說：

「我復原了從山裡挖出來的骷髏頭。看來並不是富三，請你們判斷這是誰的臉。」

說著，他打開木箱的蓋子，從裡面取出一顆首級。

「榮吉！」

榮吉的母親大喊，忍不住抱起那顆首級。

「死在山裡的是榮吉！」

俊夫鄭重地說完，榮吉的母親便哇地一聲，哭倒在地。

富三的母親阿房女士則呆呆地站在原地。這時，外面傳來吵吵鬧鬧的腳步聲，方才那兩位刑警帶著在藤屋前逮捕的小鬼，走了進來。

「啊，阿富，你還活著嗎？」

阿房大喊，跑到他身邊，卻被兩名刑警阻止。富三看來十分羞愧的樣子，垂頭喪氣，閉著眼睛。

據富三供稱，富三與榮吉在大正十二年八月三十日，各自從家裡帶走五十圓，打算前往東京，不過壞心的富三為了搶奪榮吉的五十圓，說了一些甜言蜜語，將榮吉騙到人煙罕至的深山裡，大膽地勒死榮吉，搶走他的錢，損傷顏面皮膚，讓人無法辨識，把自己的衣服跟榮吉交換，偽裝成自己遇害，再來到東京。

後來，他也平安無事地度過兩天後的大地震，之後又在壞朋友的邀約下，把小偷當成正職。

然而，看到幾天前，深山挖到屍體，俊夫要進行復原的報導，他心想，要是自己的罪行曝光，那可就糟了，才會過來偷顱骨，不過他被俊夫所騙，偷到贗品，還是很擔心，結果今天報紙報導復原的結果是富三，於是他十分放心地來觀賞，終於遭到逮捕。

富三遭到逮捕的隔天，小田刑警來向俊夫道謝。

「剛開始，我為顱骨戴帽子的時候，帽子太小了，於是我心生懷疑。」

俊夫說：

「當肌肉腐爛脫落，只剩下骨頭的時候，帽子應該鬆鬆的才對。而且，我又看了屍體和衣服，沒沾到泥巴的部分在左側，所以得知他穿衣服的時候，是左襟在前方。把衣服穿成左襟在前方，只能說是小孩幫人穿衣服的穿法，所以我認為一定是富三殺了榮吉，偽裝成自己遭到殺害。

所以囉，如果富三還活著，一定會結交一些狐群狗黨，大概可以把他騙出來吧，我讓報紙大肆報導，他果真來偷顱骨了。

既然知道富三還活著，無論如何一定要逮捕他，所以我看著富三的照片，做了那顆首級。後來再復原真正的顱骨，那張臉跟富三不一樣，不過我不知道是不是榮吉，才會請榮吉的母親過來……」

於是，俊夫解決了這起難解的事件，富三的繼母阿房女士自然獲得釋放了。藤屋百貨公司又陳列了榮吉的首級，供一般民眾參觀。

白痴的智慧

只要兇手還沒逃跑，一定會被逮捕。科學偵探的工作，可不是只有用科學的方法檢驗證物。用科學的方法逮捕兇手，也是科學偵探的重要環節。

釣魚

之前還沒機會向各位介紹，塚原俊夫很喜歡釣魚，以前俊夫修習動物學的時候，對魚類解剖及生理特別感興趣，同時，他也愛上釣魚這件事。

這陣子，接到困難的委託案件時，他還會特地出門釣魚，整理思路，不過大部分都是為了讓大腦休息，才會出門釣魚，開心地出門玩個一天半日。

至於釣魚的地點，自然是東京的郊區了，倒是沒有什麼固定的地點。有時候會去距離兩、三里[1]的地方，無論何時，我當然都會隨侍在他的身旁。因為我從小就很喜歡釣魚，每次都開心地與他同行。

某一天，我們前往許久未造訪的東京府下XX村釣鯽魚。那是柿子已經轉紅的十月中旬，冬陽猶如春暖的好天氣，我們沐浴著午後的陽光，扛著釣竿，聊著各種話題，好不開心，踩著充滿活力的步伐，走在野外的路上。

譯註1　一里約三點九公里。

這時，前方有一名亮著佩劍[2]的巡警，帶著一名穿西服的紳士，朝這邊走過來，穿西服的紳士一見到我們就露出微笑，說：

「嗨，這不是俊夫嗎？」

仔細一瞧，對方正是「P叔叔」，也就是警視廳的小田刑警。

「真是太巧啦。」

小田刑警停下腳步，繼續說：

「坦白說，我今天正打算要去找你。」

說著，他回頭看了身邊的巡警，小聲交談後，又對俊夫說：

「老實說，這座村子發生殺人事件，逮捕了一名涉嫌重大的男子，不過，他似乎不是兇手，大家都不知道該如何是好。你願意幫忙嗎？」

俊夫似乎已經完全忘記自己是來釣魚的，立刻回答：「可以。」小田刑警他們帶領著我們往回走，不久，我們四個人來到村子的派出所。跟小田刑警同行，在派出所執勤的巡警，對俊夫說了以下的事件始末。

據他所言，這座村子有一個天生的白痴，叫做山田留吉。留吉今年十五歲了，不過他的智慧甚至不如三歲小孩。然而，神明沒賦予他智慧，卻讓他的五官比一般正常人更加敏銳。

也就是說，留吉的視力比貓更銳利，鼻子比狗還靈敏。除此之外，他的肌力也很強大，簡單來說，就是跟猩猩一樣強壯。他不能理解人類的話語，同時也不能用人類的語言說話。因此，儘管他長著人類的臉孔與外型，個性卻比較接近動物，這種說法應該比較容易理解。

所以，村人總是指著他，說他是「人型貓」。雖然位於東京附近，這裡的村民卻相當迷信，擅自解釋他之所以會出生，都是因他的祖父殺貓的報應。實際上，他並不會抓老鼠，不過，當他看到魚的時候，不管那條魚在哪個人手上，他都會立刻撲過來搶走，大口大口地吃起活生生的魚。

譯註2 一八八三—一九四六年間，日本警察在執勤時都會佩帶短刀，類似今日的佩槍。

偶爾，要是有人帶著魚從他家門口經過，他聞到味道，就會從家裡衝出來，迅速把魚偷走，所以村裡的人們釣魚回家的路上，絕對不會經過他家附近。此外，他只要兩、三天沒吃到魚，就算是下雪的日子，他也會跳進河裡，靈巧地抓一些魚，著迷地吃著。

只要沒拿魚靠近他，留吉絕對不會傷害村民，也不會搗蛋，所以村民基本上還是同情他的不幸，只不過，也沒有人因此疼愛他。

儘管沒有村民疼愛他，他還有一個把他捧在手心的母親。他的父親在他七歲時病故，母親把獨生子留吉視為唯一的依靠，不過，留吉完全感受不到母親強烈的關愛。

「我若是死了，留吉該怎麼辦？我絕對不能比留吉先死。」這是今年已經四十五歲的母親——阿豐平日的心願。他們的家產豐厚，雖然沒有請女傭，也沒有僱男丁幫忙耕種，而是讓村民耕作他們的農地，取得的年貢米，已經能讓母子兩人生活無虞，在那個磚瓦砌成的，麻雀雖小五臟俱全的屋子裡，兩人過著相當和平的日子。

然而，距今約兩週前，母親阿豐死於非命，將她平日的心願化為一場空。也就是說，某天夜裡，有人潛進她家，將她勒斃後離開了。

第一個發現慘案的人是阿市先生，他是村裡遊手好閒的人。阿市先生之前一直待在東京，直到最近才回到故鄉，整天無所事事。沒有人知道他在東京做什麼，不過據他本人表示，他在某家和服店當掌櫃，最近因為呼吸方面的毛病，才回鄉靜養。不過，乍看之下，他一點也不像罹患呼吸疾病的人，天氣好的日子，他還會一大早出門釣魚。

那天早上，阿市先生一如往常，扛著釣竿，經過留吉家旁邊，平常擋雨窗都已經打開了，那一天卻關得緊緊的，他覺得可疑，繞到後門一看，後門是開著的，於是他探頭進去，窺探內部，這時留吉大概是聞到魚籠的味道，從裡面衝出來。

留吉發出奇怪的低吼聲，打開魚籠的蓋子，裡面空空如也，他似乎十分沮喪。不過阿市先生覺得留吉的模樣不太正常，於是走進屋裡，借著從正面擋雨窗縫隙透進來的光線，他看見母親阿豐的身體半躺在棉被上，脖子上纏著一條擦手巾。他伸手觸摸，身體已經冷冰冰的，他嚇了一跳，急忙往外衝，總之先通報村子的派出所了。

派出所立刻打電話，緊急通報管轄這個派出所的B署，B署的偵探與警察醫[3]立刻趕來。調查結果發現，阿豐在前天夜裡十一時許遭人勒殺，阿豐臥室的櫥櫃抽屜全都被人拉開，裡面亂成一團，於是推測殺人的動機是竊盜。

阿豐家的長約四間[4]，阿豐把擺佛龕的房間當成臥室，隔壁的儲藏室鋪著留吉的棉被。除了纏在她的脖子上，將她勒斃的擦手巾，再也找不到任何犯人的線索，尋遍房子四周，由於這陣子未曾降雨，沒能發現足跡。此外，後來進行屍體解剖，結果只能確定死因為勒斃，沒能找到任何線索。

然而，成為唯一線索的擦手巾，幸而有村民指證，得知那是本村的無業遊民兼單身漢的信次郎的所有物，警官們旋即出發，打算逮捕信次郎，他卻像是聽到消息，一溜煙地逃走了，於是警官更肯定犯人就是信次郎，眾人分頭搜索，卻找不到他的行蹤。

結果，自從阿豐遇害的十二天後，也就是前天早上，下落不明的信次郎悠哉悠哉地回來了。他年約四十上下，是個長相凶惡的男子。巡警立刻將他逮捕歸案，他卻嚇了一跳，辯稱什麼也不知道。

不過，讓他看了擦手巾之後，他表示「的確是自己的，不過不知道什麼時候弄丟了。」所以巡警跟他說明原委，他說凶案發生的當天傍晚，他去千葉給前老闆探病，沒想到老闆病得很重，在他家人的慰留之下，在那邊待了一陣子。

昨天，警方調查他的逗留地點，果真如他所言，得知凶殺案當天夜裡，他並不在這座村子裡。

至此，事件陷入難解的困境。遺體已經火化，留吉家也不知道有沒有證據，總之已經束手無策了，最後終於從警視廳找來小田刑警，小田刑警了解狀況後，也認為靠自己解決有點難度，正想要委託俊夫，碰巧遇上我們兩個人。

在巡警說話的時候，俊夫一直默默傾聽，最後終於問：

「請問白痴留吉怎麼了呢？」

巡警回答：

譯註3　協助警方辦案的醫生。
譯註4　一間約為一點八公尺。

「有個算是阿豐女士表妹的人，來留吉家照顧他。」

俊夫又問：

「請問你們有沒有偵訊留吉呢？」

巡警露出驚訝的表情，盯著俊夫，答道：

「他根本聽不懂人話，怎麼偵訊他？」

俊夫微微一笑。若無其事地說：

「你們這樣不行哦。不偵訊留吉，怎麼能解決這起事件呢？」

以小田刑警為首的眾人，都大吃一驚，盯著俊夫的臉瞧。

消失的證據

過了一會兒，小田刑警問道：

「你打算偵訊白痴嗎？」

俊夫露出壞心眼的笑容。

「不是哦。我只是覺得，在白痴家發生犯罪，白痴應該知道吧。話說回來，我們先拿勒斃時使用的擦手巾讓他看看吧。」

勒斃白痴——山田留吉之母阿豐的擦手巾，目前由B署保管，所以小田刑警跟派出所巡警帶著俊夫與我，前往相隔半里之遙的B署。我扛著已經派不上用場的兩人份釣具，天馬行空地思考，俊夫會用什麼方式調查這起事件。

儘管擦手巾的所有者——信次郎被視為有力的嫌疑犯，遭到逮捕，不過凶殺案發生的時間，他並不在村子裡，所以他不是兇手。這樣一來，也許是有人撿到他的擦手巾，計劃用來殺死阿豐，再嫁禍給他，或者是信次郎的擦手巾在阿豐手上，只是被兇手拿來使用。

無論如何，信次郎都不是兇手，現在也不知道誰有嫌疑了，怪不得警方碰上瓶頸。再加上檢查那條擦手巾之後，也沒有得到更多線索，俊夫真的能找到線索嗎？我暗自期待著，走進B署的大門。

這時，正好有一名男子快步從署裡走出來。他的外表不似鄉下人，低著頭正要經過我們身邊，這時，我們一行人之中的巡警出聲叫他：

「阿市先生，辛苦你了。」

男子抬起頭，似乎有些心神不寧的樣子，嘴裡嘟囔著回應，像逃跑一般離開了。

巡警對小田刑警說：

「那就是第一個發現阿豐女士遇害的阿市先生。」

小田刑警只有點點頭，俊夫卻停下腳步，目送著那名男子，直到看不見他的身影。

不久，我們在B署的會客室，與署長見面。小田刑警向署長介紹俊夫，並提出請求，希望借用做為凶器的擦手巾。署長是一名相當肥胖，滿面紅光，看來十分急性子的人，不過他爽快答應了，按鈴叫來一名巡警，說道：

「喂，那條擦手巾放在我辦公桌右邊的抽屜，你去幫我拿來。」

巡警點頭就出去了，不久，他回來報告：

「署長，抽屜裡沒有擦手巾。」

「什麼？」

署長吃驚地走出去，不到五分鐘，署裡掀起一場大騷動。

唯一的證物——擦手巾不見了，只能說是警察的一大失策。

據署長表示，已經得知信次郎並不是犯人，所以方才又傳喚第一個發現凶案現場的阿市先生，進行偵訊，為了請阿市先生說明，拿出擦手巾詢問各項細節，在十五分鐘前，擦手巾確實還沒遺失。署長非常狼狽，說：「搞不好是阿市先生偷走的。」立刻追上阿市先生，把他叫回來，甚至檢查全身，不過卻沒能找到擦手巾。

搜身之後，阿市先生說：

「署長先生確實把擦手巾放在右邊的抽屜了。」

讓阿市先生離開後，署長為求保險起見，又找了辦公桌抽屜和其他地方，終究還是找不到擦手巾。這樣一來，說不定是警察局內部的人偷走的，或是被外部潛入的竊賊偷走了。不過，竊賊到底是為了什麼目的偷走擦手巾呢？只是單純想造成警方的困擾，做的惡作劇呢？亦或是為了什麼重大的原因呢？

無論如何，遺失擦手巾讓署長臉上無光，非常沮喪。見了他的模樣，俊夫似乎有幾分同情，說道：

「署長先生，遺失擦手巾這件事，您千萬別太擔心哦。擦手巾是被人偷走的，這件事反而是辦案的線索。」

署長嚇了一跳，凝視著俊夫說：

「為、為什麼？」

「除了兇手，還有誰會來偷擦手巾呢？所以我們現在知道，兇手並沒有遠走高飛，還在這附近。」

「可是，我們還是不知道兇手是誰啊？」

「對啊。所以接下來才要調查，查出誰是兇手。信次郎還在羈押吧？我可以見見他嗎？」

疑似殺人嫌犯的信次郎，是出了名的無業遊民，相貌實在是不怎麼親切。信次郎被帶來之後，俊夫直盯著他的臉瞧，過了一會兒，他才緩緩開口問道：

「信次郎先生，你之前是不是經常去阿豐女士家呢？」

「她請我耕田的時候，我偶爾會過去。」

「那條擦手巾，是你掉在阿豐女士家，忘記帶走的嗎？」

「不對，不是的。我已經很久沒去她家了，我還記得上個月祭典的時候，確實還帶著那條擦手巾。」

「嗯嗯，從祭典到現在，你都沒去過阿豐女士的家，對吧？」

信次郎點點頭。

「祭典的時候，你跟村民們一起喝酒了吧？」

「是的，我喝得非常醉。」

「那時候，村民都聚在一起，對吧？」

「不是的，祭典一共分成五組。我們那一組大約二十戶人家。」

「所以來了二十幾個人，是嗎？你知道來參加的有哪些人嗎？」

「我知道。」

「阿豐女士家，有沒有在這一組？」

「不在這一組。」

「你們祭典的時候，在某某人的家裡過夜吧？」

「在阿市先生那邊。」

俊夫雙手盤胸，認真思考。

「阿市先生是不是經常去阿豐女士家拜訪呢？」

「這我就不清楚了。」

「可以了。我已經了解了。」

信次郎離開之後，俊夫對署長說：

「署長先生，已經可以釋放信次郎了吧？」

署長對小小的偵探感到好奇，盯著他說：

「我也打算在今天放他離開。請問，你已經知道兇手是誰了嗎？」

「還不知道哦。我必須先調查祭典的時候，跟信次郎聚在一起喝酒的那群人。」

署長反問：

「可是，我們又沒有證據，調查二十個人，也不會有結果吧？」

俊夫微微一笑。我們摒息以待，期待俊夫接下來要說的話。於是，俊夫以平常那種愜意的口氣說：

「相信不用我多說，這次的事件完全沒有任何證物。唯一的證據，剛才都被人偷走了。所以，這樣的事件，顯微鏡跟試管都派不上用場了。如果擦手巾沒被偷走的話，我打算搜集擦手巾上的灰塵，檢驗一番，不過，現在去找反而很麻煩。反正檢查擦手巾之後，大概也找不到什麼線索。

如果擦手巾有線索的話，首先一定非把它找出來才行，反正也不需要了，所以我不想管它。不過，擦手巾被人偷走這件事，比起擦手巾本身，這件事給我們帶來更重要的線索。

前面也提到，我們可以得知兇手還在這附近。凶殺案已經過了兩個星期，他卻還沒逃走，這就是一個據證，顯示兇手認為自己絕對不會被懷疑，十分放心。也就是說，真凶一定覺得信次郎會被當成兇手。

不過，現在已經得知兇手不是信次郎，擦手巾就會成為另一種意義的證物了，所以兇手成功地偷走它。因此，兇手大概又放心了，不打算遠走高飛。只要兇手還沒逃跑，一定會被逮捕。科學偵探的工作，可不是只有用科學的方法檢驗證物。用科學的方法逮捕兇手，也是科學偵探的重要環節。因此，我想在這次的事件中，用科學的方式逮捕兇手。」

聽完俊夫的話，我們還是似懂非懂。

小田刑警問道：

「用科學的方式逮捕，是指什麼？」

「偷走擦手巾的人，肯定是這個署裡的人，或是祭典時跟信次郎一起喝酒的那群人，把那些人集合起來，以科學的方式選出兇手。」

「要怎麼選呢？」

俊夫露出壞心眼的微笑，大聲說：

「利用白痴——留吉的智慧啊……」

科學式逮捕

實在是讓人太意外了，我們也只能默默盯著俊夫瞧。

小田刑警終於開口說：

「可是啊，俊夫，留吉連話都不會講耶？雖然年紀好像十五歲了，不過他的智商還比不上三歲小孩呢。」

俊夫說：

「P叔叔，白痴也是人類的孩子呢，跟貓狗還是不一樣。總之，我現在想跟留吉見面。請帶路吧。」

我們再次在小田刑警及派出所巡警的帶領之下，回到留吉的村子。俊夫在半路的魚店買了一條約三寸大的鯽魚，用報紙裹了好幾層，一直包到再也聞不到魚的氣味，放進口袋裡。

抵達留吉家的時候，已經是秋日的黃昏時分。一名年約四十上下的女人出來迎接我們，聽說她相當於已經死去的阿豐女士的表妹，叫做阿安女士。這時，留吉不知上哪兒玩去了，不在家裡，俊夫從發生凶殺案的房間開始，把家裡大致檢查了一下。這時，留吉突然回來了。

他有著一張白痴常見的，蒼白又面無表情的臉孔，看起來比實際年齡老成多了。他看到我們之後，露出驚訝的眼神，呆立於原地，不久，又像是想起什麼似的，走到榻榻米上。俊夫見了他的動作，取出口袋裡的包裹，用右手拎著，逐漸靠近他。

結果，俊夫與留吉距離大約兩間的時候，留吉的鼻子突然嗅個不停，以猛烈的動作，撲到俊夫身邊，一轉眼就搶走報紙包裹，逃走了。俊夫只是沉默地微笑。

俊夫說：

「P叔叔，留吉的偵訊已經完成了哦。」

小田刑警目瞪口呆地說：

「咦？留吉不是逃走了嗎？」

「逃走也沒關係。透過剛才的偵訊，我已經完全了解留吉的智商，接下來就靠他的智慧來找出犯人了。」

「要怎麼找呢？」

「我現在就說明步驟吧。」

說著，俊夫對派出所巡警說：

「後天晚上，我想讓東京的表演者在這間屋子裡表演戲劇。請您安排前陣子祭典的時候，跟信次郎一起在阿市先生家喝酒的那二十幾個村民來看戲。要麻煩您轉達，請大家在十點左右，到這間屋子集合。然後……」

他叫來阿安女士：

「直到後天晚上，請不要讓留吉吃到任何一條魚。一定要做到哦。」

俊夫又對小田刑警說：

「辛苦您了。接下來，我們回東京的路上，再討論後天晚上的程序吧。」

根據俊夫在路上說的內容，雖然說是戲劇演出，倒也不是一般在劇場表演的那種戲，而是請兩名表演者，演出殺害阿豐女士那一幕。也就是說，一個人扮演阿豐女士，另一個人扮演盜賊，盡可能忠實呈現阿豐遇害時的光景。

據俊夫表示，人死去的那一剎那，人的靈魂會到他最愛的人身邊，所以白痴肯定看到母親遇害的情景，因此，他一定見過犯人。可惜的是，他沒辦法說出口。如今，只要他在面前，重現當夜的光景，他一定能想起兇手，撲到二十人之中的某個人身上。被他撲倒的男子就是兇手了。

聽了這席話，小田刑警跟我都覺得這不像俊夫平常會說的話。再怎麼說，俊夫一直都不相信靈魂的存在，「我絕對不相信無法自己用科學證實的事物」，這可是俊夫的口頭禪。因此，俊夫現在這麼說，一定有什麼原因吧。於是，小田刑警聽從俊夫的話，隨便找了兩個演員。

第二天，兩名演員造訪我們的實驗室。俊夫畫出留吉家的平面圖，說明表演戲劇的地點，並且詳細提醒關於服裝、表演時的注意事項。

終於到了表演當天，我們跟小田刑警及兩名演員，傍晚搭乘汽車前往留吉的村子。俊夫在小小的手提包裡，放著一個包得非常密實的物品。

我們先造訪派出所，隨後跟巡警一起前往留吉家。時間大約是八點左右。阿安女士愉快地迎接我們的到訪。也許是兩天沒吃到魚的關係，留吉顯得無精打采，躺在裡面的房間。村民三三兩兩地聚了過來。好像也有過來湊熱鬧的人，不過都被巡警趕回去了。

十時許，預定的人數都到齊了。大家好像以為要來看有趣的狂言[5]。第一個發現阿豐女士屍體的阿市先生，喝了一點小酒，微醺地來了，他更是以東京通之姿，向大家說了不少東京的戲劇表演情況。

俊夫請村民在玄關及客廳中間的房間裡，排成一列，坐成半圓形。接著，請人在客廳，也就是表演凶殺案的房間裡，鋪好棉被。每個人都露出意外的表情。本來躺著打滾的留吉，看了那麼多人過來，也許是有一點興奮吧，在一旁走來走去。

到了十點半，俊夫對村民說：

「各位，感謝你們的來臨。今晚請你們過來，並不是為了其他事，而是想要請各位幫忙，逮捕殺害阿豐女士的兇手。現在正好是阿豐女士遇害的時刻，接下來要上演阿豐遇害的橋段，讓留吉觀看。

阿豐女士的思念還留在留吉身上，所以留吉一定能找到兇手。雖然兇手未必在各位之中，總之我們姑且先試一回吧，請大家安靜觀賞。」

周遭瞬間鴉雀無聲。不久，在俊夫的指示之下，留吉跟阿安女士坐在面對客廳的右邊角落。然後，俊夫請打扮成阿豐女士的演員到棉被裡躺好。在昏暗的燈光照射下，村民們彷彿看到死而復生的阿豐女士，每位村民都屏息以待，目不轉睛地看著。俊夫跟我站在村民的後面，小田刑警跟巡警則走到玄關的泥土地上，嚴加戒備。紙拉門跟其他隔間當然都拆下來了。

譯註5　日本傳統戲劇表演。

不久，掛鐘發出寂寞的聲響報時，十一點了。這時，一名以黑布覆面的反派角色從倉庫走過來，手上拿著一條老舊的擦手巾，踩在木板地上，發出嘰嘰聲，走了過來。走到門檻旁，他停下腳步想了一會兒，旋即蹲下來，湊近阿豐的枕邊。就連留吉都看得入神。村民們也全神貫注，忘我地欣賞這場逼真的表演。

壞人靠近枕邊，正要翻開棉被之時，一下子被推開了。這時，阿豐女士發出「咦？」的一聲，打算逃走，不過壞人撲上去，很快就用擦手巾勒住他的脖子，阿豐女士半個身子在棉被外，啪嗒一聲倒下來。

這時，白痴留吉像是想到什麼似的，轉頭望向村民，下一秒，他立刻就站了起來，正對著坐在俊夫前面的阿市先生的脖子，撲了過去，阿市先生「啊」地叫了一聲，便仰躺在地。留吉像是發了瘋似的，拚命翻找著什麼，在他的身上跳來跳去，鬧個不停。

阿市先生痛苦地大喊：

「啊啊，別這樣，別這樣。留吉，請原諒我。是我殺了你媽媽！」

各位，殺死阿豐女士的人，是阿市先生。阿市先生當場被警察帶走了，村民受到太大的驚嚇，甚至沒人敢吭一聲。

據阿市先生的供詞，他因為缺錢花用，早已鎖定阿豐女士，祭典的時候，撿到信次郎的擦手巾，所以計劃好要殺死阿豐女士，奪取金錢，再留下那條擦手巾，嫁禍給信次郎。當晚，回到東京的路上，俊夫對小田刑警說了這些話：

「發現凶殺案的是阿市先生，跟信次郎一起喝酒的是阿市先生，然後從警察那裡偷走擦手巾的肯定也是阿市先生。所以我推測兇手應該是阿市先生，演了一場戲。趁阿市先生認真看戲之時，我在他背後，等到阿豐女士被人勒住脖子，我再從包包裡，拿出包好的鯽魚，輕輕舉到阿市先生的肩膀旁邊。

留吉已經兩、三天沒吃魚了，立刻就衝過來拿，不過我把魚收回包包裡，所以留吉以為魚在阿市先生身上，拚命找個不停。

不過，阿市先生本人則認為留吉想起兇手是誰，終於招供了。所謂的科學偵探，可不是只會用顯微鏡跟試管。用科學方法聰明地應用事物來調查，也算是科學偵探哦。」

紫外線

自從叔叔買了石英水銀燈給俊夫後，他每天都關在實驗室裡，拿各種事物照射紫外線，同時改變電流的強度，進行深入研究，將結果全都記錄在筆記本上。

石英水銀燈

各位讀者應該還記得塚原俊夫經手的「紅色鑽石」案件吧？在介紹那起事件時，我曾經提過俊夫有個富有的叔叔，最近，俊夫讓「赤坂的叔叔」增建部分實驗室，並請他添購、安裝了石英水晶燈。

俊夫為什麼會請叔叔買石英水晶燈呢？這是因為俊夫前幾天看了一本外國的犯罪學雜誌，得知最近外國的犯罪偵探經常使用石英水銀燈。

於是，熱愛研究的俊夫向赤坂的叔叔提出請求，叔叔一口氣就答應了，幫他增建實驗室，購買並安裝器材。

俊夫一直都很想要X光器材，不過實在是太誇張了，所以他強忍著衝動，由於石英水銀燈比較簡單，所以他終於向叔叔開口請求。

我應該先向各位說明一下，石英水銀燈是什麼東西。簡單來說，石英水銀燈就是會發出一種叫做紫外線的光線儀器。我必須更進一步，向大家說明紫外線是什麼。

大家應該都知道，陽光通常是由七種顏色的光線組成。也就是紅色、橙色、黃色、綠色、藍色、靛色、紫色。用光譜儀分析陽光的光線，將會形成光譜，分成這些美麗的色彩。然而，陽光的光線除了這七種光線之外，還有兩種肉眼看不見的光線，通常我們稱為紅外線與紫外線。

紅外線表示位於光譜紅色外面的地方，紫外線表示位於紫色外面的地方。

相信不需要我解釋，大家也知道光線是稱為光波的一種波，光譜的波長從紅色到紫色漸次縮短，相反地，折射率則愈來愈大。偏紅色那邊的光線具有熱作用，紫色那邊的光線則具有化學作用。因此，紅外線的熱作用最強，紫外線的化學作用最強大。

陽光能促進人體健康，也是由於紫外線的化學作用，芬森[1]為了利用紫外線治各種疾病，發明了芬森燈。不過，芬森燈的規模太大，後來，哥可曼[2]利用更簡單的方式來生成紫外線。也就是石英水銀燈。

石英水銀燈的原理是什麼呢？簡單來說，就是在真空的石英製燈管內，灌滿水銀蒸氣，接上直流電發亮。如此一來，水銀就會發出紫外線，石英的紫外線穿透率高，是一個非常簡單的裝置。

一般來說，石英燈所需的直流電力，約為七十伏特至兩百伏特左右。實際運轉時，為了避免石英燈過熱，需要用水冷卻，不過整體來說相當簡易。

一般來說，石英水銀燈通常用來治療疾病，最近也會用於犯罪的科學搜查。用於犯罪的科學搜查時，則不是利用紫外線的化學作用，主要是它的物理作用。

紫外線有什麼物理作用呢？以紫外線照射各種物質時，將會產生一種類似磷光的光。這種類似磷光的光，有些會在照射紫外線時發亮，有些物質即使停止照射紫外線，依然還會持續發亮一段時間。

其中的後者，也就是暫時照射紫外線，停止照射之後，仍然會發亮一段時間的物質，這類物質相當多。

至於什麼樣的事物照射紫外線會發光呢？許多自然產物都屬於此類。人造的自然

譯註1 Niels Ryberg Finsen，一八六〇—一九〇四，丹麥醫生，曾獲諾貝爾生理醫學獎。

譯註2 William H. Goeckerman，一八八四—一九五四，美國皮膚科醫生。

產物則不會發光。

舉例來說，人類的牙齒照射紫外線會發光，用其他物質製造的假牙則不會發光。此外，象牙及骨頭會發光，不過仿造的象牙不會發光。其他像是天然的鑽石會發光，玻璃製的贗品則不會發光。

因此，只要照射紫外線，即可立刻鑑別真假鑽石。

除此之外，大多數的焦油色素照射紫外線時，都會發出極美麗的光芒。因此，紫外線也會應用於鑑定染色劑。

利用同樣的原理，人們也會用它來鑑定書畫的真偽。除此之外，穀物的粉末照射紫外線時，也會發光。

自從叔叔買了石英水銀燈給俊夫後，他每天都關在實驗室裡，拿各種事物照射紫外線，同時改變電流的強度，進行深入研究，將結果全都記錄在筆記本上。

像是人類的毛髮、動物毛髮，或是血液及尿液，亦或是各種顏料，信封用的封蠟，還是衣服的纖維，拿到什麼就研究什麼，而且有時候還能順便完成鑑定，俊夫樂不可支，沉迷其中，真的廢寢忘食，整天窩在實驗室裡，十幾天後，他已經成了紫外線專家。

某一天——那是四月的時候，俊夫對我說：

「大哥哥，真希望能碰上什麼重大事件呢。這次我要用紫外線來調查。」

我半開玩笑地笑著說：

「對啊，說到重大事件，前陣子潛入銀座ＸＸ珠寶商的竊賊，現在還沒被逮捕呢。你覺得這起事件可以用紫外線解決嗎？」

銀座的ＸＸ珠寶商，在東京也是屈指可數的大型店鋪，市價八十萬日圓的項鍊竟然在一夜之間，被竊賊偷走了。

儘管警察展開緊急搜索，事隔兩個多星期，直到今天都不知道竊賊是誰，更別說是找到項鍊的下落了。在犯罪現場也找不到任何線索，金庫是被乙炔噴焊機破壞的，只能確定竊賊是由外部入侵。

聽了我的話，俊夫露出微笑，旋即掛上嚴肅的表情。

「這陣子，我一直埋首研究紫外線，荒廢了犯罪事件的研究呢。大哥哥說的沒錯，這起案件好像很有趣耶。先問問Ｐ叔叔後來的經過吧。大哥哥，可以幫我打通電話嗎？」

我正要起身時，實驗室門口便傳來敲門聲。我開門一看，訪客出人意表，竟然是「Ｐ叔叔」，也就是警視廳的小田刑警。

我說：

「嗨，我們現在剛好聊到你呢。」

「這樣啊。」

小田刑警微笑著走進來，很快就在俊夫的對面坐下來。

俊夫問道：

「Ｐ叔叔，銀座的寶石事件怎麼了？」

小田刑警便沉著一張臉。

「現在還沒有頭緒。截至目前為止，我們調查後發現這起案子好像不是平常在那邊遊盪的小偷幹的呢。說不定是在東京市坐擁豪華房舍的人做的。

所以，我們現在以此為方針，進行搜索，不過還是沒什麼進展……姑且先不提這件事，老實說，昨天夜裡發生了一件奇妙的事件，關於這件事，想要借重俊夫的智慧。」

說著，小田刑警盯著俊夫的臉。這時，俊夫的目光瞬間亮了起來。

俊夫問道：

「什麼事？」

「坦白說，昨天夜裡，須田町的電車在車站撞死一名男子。男性年約二十五、六歲，穿著西裝，在他的口袋找到錢包跟手帕，沒有手帳跟其他物品，完全無法得知他的身分。

西裝跟手帕都沒有寫名字，所以暫時將屍體送往警視廳，到了今天，還是不知道他的身分。不過，他的錢包裡有十二圓又五十三錢，還有一張黑紙。

在那張紙上，有白色顏料寫成的字句，我們完全不知道那是什麼意思。警察絞盡腦汁也想不出來，所以想拿給俊夫看看。」

說著，小田刑警從口袋裡拿出一張黑紙。那是一張大小莫約三寸見方的紙張。

八十萬圓的項鍊

除了黑紙，小田刑警同時拿出一張照片，並說：

「這是昨晚在須田町遭到輾斃的男子。」

俊夫看了那張照片一會兒，拿起黑紙。那是染成黑色的日本紙，上面用毛筆沾取白色顏料，寫了這些字。

やかしぬもつれ
きためほんとり
すけなをびえね
つまけらますむ
ちまとへよぼに
ばりでのぶおす
るくはてさたこ

俊夫非常認真地看了好半晌，似乎還是看不懂，蹙起眉頭。

「怎麼樣？俊夫。不管是倒著讀還是斜著讀，隔一個字再讀，都是沒有意義的字句。」

俊夫沒有回答，而是熱心研究，不久，他站起來，說：

「請稍候片刻。」

便走進安裝著紫外線器材的房間。下一秒，便傳出使用紫外線時的特殊聲音。

大約過了七分鐘，俊夫回來了，不過他的臉上散發著愉快的光采。

「P叔叔，我看懂了哦。」

「咦？上面寫什麼？」

「這些字。」

說著，俊夫讓他看了用鉛筆寫在筆記本上的字句。

本鄉區湯島新花町二十六番地之一

二樓北窗下

實在是太驚人了，小田刑警不禁瞪大雙眼。

他激動地問：

「到底要怎麼樣，才能讀到這些字呢？」

俊夫微笑著說：

「請過來這邊。」

帶小田刑警來到放著紫外線器材的房間。我也跟著走進去。不用我多說，大家應該知道，這間房間做成暗房，俊夫關燈之後，室內一片漆黑。接著，俊夫扭開開關，同時，石英水銀燈發出美麗的紫色光線。

俊夫將剛才的黑色紙條放在下面照光，不可思議的是，紙上浮現與白色文字完全無關的字，前述的「本鄉……」字句發出螢光。

俊夫說：

「這張黑紙是用焦油色素寫成的。所以在一般光線下看不見。不過，當焦油色素照射紫外線時，就會像這樣發出螢光。」

小田刑警了一口氣，說：

「什麼嘛。所以這些白字是用來掩人耳目的嗎？」

「沒有錯。所以不管是倒著讀還是斜著讀，都沒有意義。」

我們離開暗房，再次回到會客室。

我問小田刑警：

「這個本鄉某某的地址，到底是什麼意思呢？」

小田刑警歪著頭回答：

「嗯，大概是死掉的男人的住址吧？」

於是俊夫說：

「無論如何，我們現在就登門拜訪吧。」

我們立刻動身，租了車子，往湯島新花町前進。

二十六番地之一，位於某個安靜地點的盡頭，是一棟兩層樓的建築，出乎意料的是，正面的格子門上掛著「出租中」的告示。詢問隔壁鄰居後，得知這間屋子夜裡經常傳出腳步聲，大家都說它是鬼屋，已經很久都沒人租了。

不過，屋主就住在隔壁的隔壁，待小田刑警取得屋主的允許，我們進入空屋。大門沒上鎖，屋裡一片狼藉。

俊夫直接上二樓。俊夫並不相信世上有鬼，所以一點也不害怕。二樓有兩間房間，分別是六張及三張榻榻米大，三張榻榻米大小的房間裡，有一扇面北的窗子。這一定就是「北窗」了吧。

不過，北窗之下只有榻榻米，沒有什麼奇怪的東西。俊夫跪坐著，環顧四周，卻沒能再發現其他事物了。

過了一會兒，俊夫說：

「大哥哥，把榻榻米掀起來。」

於是我掀起榻榻米。這時，我「啊」地叫了一聲，差點鬆手放掉榻榻米。這是因為榻榻米底下，有一個木板的凹槽，鑽石項鍊宛如一條亮晶晶的蛇，蜷起來窩在裡面。

我們不由得面面相覷。

俊夫拿起那條項鍊，交給小田刑警，問道：

「如何？你知道這是什麼嗎？」

小田刑警把玩了一會兒，終於回答：

「看來，這好像是銀座ＸＸ珠寶商被偷走的那條，價值八十萬圓的項鍊。」

「這樣啊，那麼我們立刻去銀座吧。」

說著，俊夫快步走下樓，我們也跟著離開那間房子。

我們搭乘在一旁待命的車子，往銀座急駛而去。沿路上，兩旁人家的院子裡，到處都綻放著晚開的櫻花，非常美麗，晴朗的午後陽光，安靜地照亮大地。

不久，我們便抵達銀座的ＸＸ珠寶商。身材肥胖，紅光滿面的老闆，見到小田刑警，便請我們進入裡面的房間。

小田刑警從口袋拿出項鍊，遞到老闆面前。

「啊」老闆發出感嘆的聲音，拿起來仔細端詳，看了一會兒，他露出失望的神色。

他有氣無力地回答：

「這是我們家失竊那條項鍊的仿製品。」

小田刑警睜大了眼睛問：

「咦？仿製品？所以說是贗品囉？」

「是的。坦白說，這件仿製品也是出於我們家之手。請問您是從哪裡拿到的呢？」

於是，小田刑警簡單地說了發現項鍊的過程。最後，他詢問這條仿製品是誰的所有物。

根據珠寶商表示，其實前幾天遭竊的項鍊，是麻布△△侯爵夫人的所有物，因為一些隱情，珠寶商把它買下來，並且在夫人的請求之下，做了仿製品，讓她代替真品，繼續收藏。

老闆又補充說：

「老實說，為了顧及侯爵夫人的顏面，這件事我對警方也是守口如瓶，既然現在仿製品已經落入警方手裡，請你們保守祕密，說不定反而會妨礙警方搜查，所以我全都交代清楚了。」

後來，我們三人離開珠寶商的家，帶著那條項鍊，搭車直奔麻布△△侯爵宅邸。侯爵宅邸精巧別緻，由相當寬廣的庭院環繞著。

我們向管家表示我們來自警視廳，侯爵夫人親自接見我們。夫人穿著極為樸素的和服，愉快地與我們問好。打完招呼之後，小田刑警取出項鍊，問道：

「請問這是不是府上的物品呢？」

「唉！」

夫人輕輕叫了一聲。

「為什麼……它前天才被偷走。您到底是在哪找裡到的呢？」

「其實，我們是在一個有點奇妙的地方發現它的，根據我們的調查，得知這是您府上的物品，所以我們才登門拜訪。請問，它是怎麼失竊的呢？」

夫人一下子羞紅了雙頰，說：

「也許您已經知道了，那條項鍊是仿製品。不過，我們家僱用的書生，也許以為那是真品吧，前天把它偷走，逃跑了。至於真品呢，應該不用我多說，是XX珠寶商前陣子被偷走的那一條。」

「請問那名書生的年紀大約多大呢？」

「他說二十五歲。」

聽了這句話，小田刑警從口袋中取出死去男子的照片，拿給夫人看。

「請問那名書生，是不是這個男人呢？」
夫人見了照片，「啊」地叫了一聲。
夫人氣息紊亂地詢問：
「唉，是他，是他，這就是書生村田。村田怎麼會死了呢？」

白晝的殺人

小田刑警向侯爵夫人說明，書生村田在須田町的車站遭電車輾斃的始末，以及發現仿製項鍊的過程，最後問：
「請問，府上是打從什麼時候開始僱用村田的呢？」
「這個月十日才來的。」
聽了之後，小田刑警回頭看著俊夫說：
「也就是銀座XX珠寶商遭小偷的五天後。」
俊夫之前一直不發一語，安靜聆聽侯爵夫人跟小田刑警的對話，這時，他才問侯爵夫人：

「請問是誰介紹您僱用村田這名書生的呢？」

「是麴町富士見町的木村醫生介紹的。」

「您說的木村醫生，是不是那位知名的醫學博士，木村醫院的院長呢？」

「是的，我們家有人生病的時候，總是承蒙木村醫生的照顧。」

俊夫這時好像想到什麼，露出微笑，那是俊夫每次找到線索時，都會流露的笑容。

當時，大馬路上傳來發送號外的鈴聲。俊夫稍微認真地聽了一會兒，接著又說：

「關於書生逃逸之事，請問您有沒有跟木村博士報告呢？」

「沒有，我還沒提。」

於是俊夫對小田刑警說：

「好了，接下來我們去木村醫院吧。」

這時，管家拿著一張號外，慌慌張張地走進來。

「夫人，這下不好了。聽說木村醫生遇害了。」

「咦？」

說著，侯爵夫人跳了起來。急忙閱讀管家遞過來的號外，默不作聲地遞給小田刑警。

木村醫院院長在白晝慘遭殺害

麴町富士見町X丁目木村醫院的院長，醫學博士木村貞一（四十二）於今天下午二時許，在該醫院的會客室，遭人刺傷心臟，當場死亡。其屍體由一名護理師發現，目前不知兇手的身分，警視廳接獲報案後，緊急派出白井刑警、警察醫、攝影小組等人前往搜查，同時在市內拉起封鎖線，嚴密搜查兇手。

待小田刑警讀完以上的號外後，俊夫說：

「P叔叔，事件愈來愈複雜了呢。」

「咦？所以你認為木村博士之死，跟項鍊事件有關嗎？」

「有啊」

「為什麼？」

「這件事嘛，待會再慢慢說吧。總之，請您先幫我申請，讓我搜查木村博士遇害的現場吧。」

我們向侯爵夫人告別，在解決仿製項鍊的事件之前，項鍊暫且由小田刑警保管，離開侯爵宅邸，我們讓車子開到警視廳，在小田刑警的一番努力之下，取得警視總監[3]的許可，傍晚時分，我們才驅車前往木村醫院。

木村醫院的會客室，也就是木村博士遇害的現場，目前正由白井刑警與另一名刑警等兩人，負責偵訊醫生及護理師。警察醫似乎已經結束驗屍工作，木村博士的屍體放在會客室的桌上，以白布覆蓋。

白井刑事一見到俊夫，就露出諷刺的笑容。自從那起「鬍子之謎」的事件後，他對俊夫已經有幾分肯定了，不過，接下來又明顯露出不肯甘拜下風的神色。不過，俊夫只是十分天真無邪地跟他打招呼，目光便專心盯著掛在會客室正門上方的老舊畫框，他問：

「這是木村博士的肖像嗎？」

譯註3　警視廳的首長，是日本警察中位階最高的人。

護理師點點頭，俊夫直盯著幾乎與實物大小相當的半身照，接著翻開白布後行禮致意，檢查博士的屍體。先從臉開始，接著仔細觀察全身。眾人默默盯著俊夫的行動。最後，俊夫不曉得想到什麼，頻繁地對照屍體跟照片的臉孔，不久，他詢問白井刑警：

「請問，這真的是木村博士的遺體嗎？」

我們全都被這突如其來的問題嚇了一跳。白井刑警也嚇得不輕，一臉驚訝地說：

「俊夫，你可別開玩笑哦。我們必須迅速找到兇手，可沒空回答這種問題。」

「這樣啊。不過，如果不能確定這是不是木村博士的遺體，就不知道兇手是誰啦。」

「你在說什麼傻話，護理師早上都還跟這位木村博士在一起，再說，只要看照片就知道啦。」

俊夫拜託一旁的護理師：

「不好意思，麻煩請給我沾了酒精的脫脂棉。」

護理師拿來沾著酒精的脫脂棉後，俊夫接過來，擦拭屍體右臉頰上的痣。

結果怎麼了呢？俊夫擦了幾下，痣就不見了，棉球上留下黑色的物體。眾人都驚叫出聲。這時，俊夫得意洋洋地說：

「各位，被殺害的並不是真正的木村博士。大概是木村博士的雙胞胎兄弟吧。」

後來引起什麼樣的騷動，大家應該不難想像吧？

白井刑警愣了一會兒，不過，如果屍體的痣是假的痣，表示俊夫的想像無誤，便詢問護理師跟醫生們詳細的情況，大家異口同聲地說，大約兩個月以前，醫生就怪怪的。不過，木村博士是單身漢，也沒有父母，沒人知道博士有個孿生兄弟。

俊夫說：

「也就是說，真正的博士大概已經在兩個月前遇害，這個人成了他的替身。」

接著俊夫又對小田刑警說：

「事件真的愈來愈複雜了，不過，我想很快就能解決了。」

他又對護理師說：

「這間醫院有紫外線治療室吧？」

在護理師的引導之下，我們前往紫外線治療室。裡面有跟俊夫一樣的石英水銀燈，中央擺著一張床，牆上擺滿藥櫃跟書架。

俊夫逐一檢查這些櫃子，隨後從書架抽出一本筆記本。那是一本以黑色日本紙裝訂而成的冊子，翻開一看，裡面什麼字都沒有，當俊夫點亮石英水銀燈之後，紙上便浮現螢光色的文字。

「這是日記哦。」

俊夫自言自語地說著，認真地翻閱每一頁。

他大約花了三十分鐘，把日記看完了，隨後問護理師：

「今天本鄉的田中醫院院長有沒有來呢？」

「有的，大約正午過後來的，我記得他一下子就回去了。」

俊夫聽了之後，對白井刑警說：

「請立刻逮捕田中醫院的院長。」

各位讀者，遭警方逮捕的田中醫院院長，果真是殺害木村博士替身的兇手。根據他的供述，一切總算真相大白。俊夫的推測正確無誤，木村博士的替身正是博士的孿生兄弟。

雖然是兄弟，不過他的個性跟博士完全不一樣，非常邪惡，年輕時去了中國，恣意妄為，幹盡壞事，結識田中醫院院長，兩人把上海鬧得天翻地覆，不過，三個多月前，兩人來到東京，計劃要幹一票大案子。

儘管兩個人都不是醫生，不過他們想要以醫生的身分大鬧皇城，田中先在本鄉蓋田中醫院，跟木村博士往來，觀察木村博士的情況，再告訴他的雙胞胎兄弟，一天夜裡，他把木村博士找來自己家裡，殺害之後再用藥品處理屍體，接著讓雙胞胎兄弟當替身，回到木村博士家。

成為替身的木村，為了酬謝田中，約好要入侵某個珠寶商，盜走珠寶，送給田中，隨後聽說銀座ＸＸ珠寶商的項鍊之事，前陣子成功把它偷走了。然而，木村想將項鍊據為己有，即使田中索討，卻只找了些藉口，不肯交給他。

田中也提出種種脅迫，不久，木村意外打聽到麻布△△侯爵宅邸，有條仿製的項鍊，利用該侯爵家由木村博士負責看診的機會，讓心腹弟子村田擔任書生，住進對方家裡，最後終於偷到項鍊。接著，他們將那條仿製品藏在湯島新花町的空屋裡，打算讓村田將之前那張黑紙送給田中。

明明可以叫村田親自把仿製品送過去，不過，他們兩人在上海的時候，都用暗號通訊，一個人偷了之後藏在空屋裡，另一個人再過去拿，他們一直用這種手法，所以已經習慣這麼做了。再加上這已經成了他們這兩個犯罪者的迷信，認為這麼做比較安全。

然而，村田橫死於一起無妄之災，沒能把木村的訊息帶給田中，田中來找木村談判，結果將木村殺死了。從XX珠寶商那裡偷來的項鍊，就放在木村醫院的金庫裡。

事件解決的幾天後，小田刑警來找我們，問俊夫為什麼他一聽說木村博士死了，就能推測與項鍊事件有關，俊夫的回答如下：

「採用這種必須照紫外線才能閱讀的通訊手法，這個人一定擁有石英水銀燈。誰會擁有石英水銀燈呢？我第一個想到的就是醫生。因此，我覺得木村博士很可疑，不過，木村博士會去當竊賊也很奇怪，看到屍體時，那顆痣果然是點上去的，所以我才會覺得他是替身。其他的都詳細寫在日記裡了，一切立刻就解決了。」

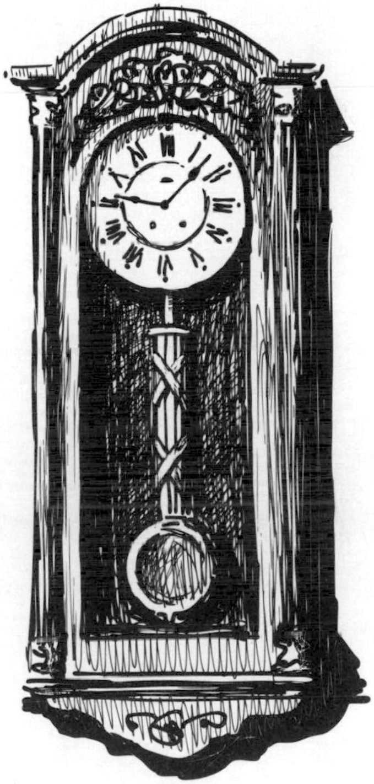

鐘擺時鐘之謎

鐘擺時鐘被子彈射中，停在九點半，應該是兇手開第一槍沒有打中，打到時鐘，第二發子彈才射死佐久間吧，如此一來，他推測凶案的時間，應該是九點半。

揭露

在塚原俊夫經手的事件中，有些事件非常複雜，也有些事件極為簡單。不過，雖然說是簡單的事件，也只是對俊夫來說，很容易解決而已，事件本身的難度多半相當困難。

接下來要跟各位說的事件，也是警視廳的人們束手無策，卻由俊夫即刻解決的殺人事件。儘管大家推斷兇手確實是那個男子，該男子卻擬定周詳的計劃，所以警視廳的人們根本找不到證據。

然而，再縝密的犯罪計劃，總會出現破綻。在這起事件中，兇手也留下重大的破綻。不過，警視廳的刑警們沒能發現他的破綻，唯有俊夫輕易識破這一點，終於讓兇手坦誠他的犯行。

介紹這類偵探事件時，我通常都從俊夫接獲事件委託的時候寫起，依照順序，寫到俊夫解決事件為止，不過，現在我已經得知事件的來龍去脈，所以我反而會先敘述凶案的始末，再描述俊夫解決的過程。請各位一起來思考，這起事件的破綻到底在哪裡呢？

兇手的計劃

日本汽船公司的員工——小野龍太郎，在一個月多前，下定決心殺害佐久間經理。經理跟老闆差不多，不管是什麼原因，心裡懷著想要殺死老闆的念頭，就是不容允許的滔天大罪了。

不過，也不知道是不是天生就有壞人的素質，龍太郎一旦萌生殺意，最後也可以說是受到惡魔的驅使吧，無論如何，他都必須實踐這場犯行。

至於龍太郎為什麼要殺死經理呢？跟這個故事沒有什麼重大的關係，因此略去不提。

只能稍微提一下，原因跟金錢有關。總之，龍太郎決定殺害經理，他開始思考到底該怎麼做，才不會被人發現是自己殺的。他的個性冷酷無情，不過，熱愛自己生命的念頭倒是非常強烈。因此，他深思熟慮，想出避免罪行被發現的方法。

老天爺不可能縱容那種殺了人，自己卻要活下去的人。不過，他這個壞蛋卻為了成就自己的惡行，不惜忤逆天意。他小心謹慎，不讓任何人發現自己的殺意，與經理見面時，態度也跟平常一樣，不曾有所改變。

龍太郎有一個優勢，沒有人知道他擁有一把手槍。那把手槍是他的朋友，一個長期住在美國的男人給他的，那個男人前陣子死於一場突如其來的重病，所以在這個世界上，已經沒有人知道他有一把槍。因此，龍太郎打算用那把槍殺死經理。

接下來，他思考要在哪裡殺死經理。最後他選在經理家的會客室。佐久間已經年近六十了，現在孤家寡人，跟幫傭的老婆婆住在一起。

除此之外，經理家的會客室裡，有一座造型特殊的大型鐘擺時鐘，掛在約一個人高的位置，他打算巧妙地運用這座鐘擺時鐘，避免別人發現自己的罪行。至於他如何利用這座鐘擺時鐘來避免別人發現自己的罪行呢？這個部分會在後面的篇幅敘述。

他很清楚，大部分的罪犯都是因為一些小破綻，讓偵探揭露他們的罪行，所以他認為自己必須小心謹慎，不能在犯罪現場留下一絲一毫的線索。像是自己的物品遺落在屍體旁邊，或是在對方的器具留下指紋，於是輕易遭到逮捕，這樣的案例太多了，他絕對不會步上這些犯人的後塵。

鐘擺停止

龍太郎終於決定，要在四月二十五日晚上行凶。他為什麼會選在這一天呢？各位再看下去，就會明白了。當天晚上七點半左右，他將那把手槍放在懷裡，套上橡膠手套，來到郊外，目黑的佐久間家附近。上野的櫻花已經凋零，日比谷的杜鵑已經開始綻放，不過夜裡的空氣依然冷冽，吹痛他的肌膚。

佐久間家附近有一座大森林，與隔壁鄰居的距離十分遙遠，也可以說是所謂的獨棟住宅，這裡幾乎沒有人煙，所以沒有人看到他。他在樹蔭下躲了一陣子，窺探經理家的情況。

過了一會兒，幫傭的老婆婆從佐久間家的後門走出來。老婆婆每晚八點都會去澡堂，然後再去採購，通常要到十點才會回家，於是他自然選定這段時間行凶。

龍太郎一直目送老婆婆離開，然後露出令人不寒而慄的笑容。接下來，他筆直走進大門，按了玄關的門鈴。

來開門的自然是佐久間本人了。佐久間穿著正式的晨禮服，所以龍太郎知道佐久間下班回來之後，還沒換上便服。佐久間做夢都想不到，自己竟然會遭到殺害，愉快地迎接他，將他帶進會客室。

走進會客室之後，經理想要拿椅子給他，正好轉向鐘擺時鐘的方向。這時，他立刻掏出手槍，扣下扳機。

一切都像是電光石火。轟然巨響的爆炸聲、濛濛煙霧，迅速在房間裡流動，佐久間的腦袋也慘遭射穿，成了一具屍體，躺在他面前。

見了這般恐怖的景像，他也沒露出什麼狼狽的神色，看到佐久間斷了氣，他再次舉起手槍，湊近喀喀喀擺動著的鐘擺時鐘，朝著鐘面再開了一槍。

玻璃碎片發出異樣的聲響，散落在地上，他嚇了一跳。這是因為，在他的計劃中，他打算利用手槍的射擊，讓時鐘的針往前進一個半小時。也許是冷酷無情的他，見了屍體的那一剎那，還是受到刺激，才會失手的吧。他嚇了一跳，盯著鐘擺時鐘，瞧了好一會兒。蓋子的玻璃幾乎完全掉下來了，鐘擺也停止了。指針停在八點十分之前，幸好沒被子彈射壞，他感到幾分救贖。

「就照原訂的計劃吧。」

他自言自語著，把手伸向指針，想要移動。由於機械已經損壞，指針文風不動。他又嚇了一跳。只覺得冒了一身冷汗。不過，他很快就恢復冷靜，觀察起指針的軸心。

幸好指針是由螺絲固定的，他拆下螺絲，抽出長針與短針，把時鐘擺到正好九點半的時刻，再把螺絲鎖回去。一般的鐘擺時鐘沒辦法這麼做，他的運氣好，遇到用螺絲固定的鐘，拯救了他的險境。

他吁了好長的一口氣，喃喃自語：

「這就行了，這就行了。」

然後坐在一旁的椅子上，讓自己冷靜下來，總覺得頭昏腦漲。他觀察四周，看看有沒有留下什麼破綻。這時，經理穿的晨禮服被流出的鮮血染紅了，還是讓他感到有幾分不舒服，他像是遭到驅趕似的，走到戶外。

美麗的天空十分晴朗，星子泛著耀眼的光輝，龍太郎那灼熱的雙眼，已經無法辨識周遭的事物，總覺得腳踩不著地面。不過，他可沒有忘記實行一直以來的計劃。當天晚上九點，他跟以前在學校認識的朋友要在日比谷的S樓聚會，於是他搭乘省線電車[1]前往。

到了S樓，他的朋友都已經來了。

一個朋友見了他便說：

「喂，小野，怎麼這麼晚才來？」

他掏出懷錶來看。這時他當然已經把橡膠手套脫掉了。

他用大家都聽得到的音量，語帶諷刺地說：

「哪有多晚，離約好的九點，還有三分鐘嘛。」

另一個朋友說：

「話是沒錯啦，你的臉色怎麼那麼蒼白？」

「嗯，哈哈哈。」

他笑得有點刻意，把整個人拋在座墊上，盤腿坐好。

喝酒、配下酒菜，他的心情逐漸平靜下來。接著，他又跟大家談笑，一直在S樓待到十一點多，後來，他回到宿舍，睡得還算安穩。

鎖定

少年科學偵探塚原俊夫口中的「P叔叔」，也就是警視廳的小田刑警，造訪我們的事務所兼實驗室，則是在佐久間遇害的第二天下午。兩、三天前，俊夫才解決一起大案件，正在期待能不能來個新事件，小田刑警的來訪，讓他喜不自勝。聽完小田刑警的來意，他又更開心了。這是因為小田刑警來委託俊夫，請他解決佐久間的遇害事件。

小田刑警說：

「我們大概已經鎖定兇手了，可是找不到確切的證據。所以，想要拜託俊夫幫我們找找。」

譯註1　由國家經營的首都圈短距離電車，當時由鐵道省管轄，故名省線電車。

俊夫說：

「請您依序說明發現屍體的始末。」

據小田刑警表示，發現屍體的是幫傭的老婆婆。昨晚八點前，老婆婆一如往常，去了澡堂，然後去蔬果店買東西，十點左右才回家，看到會客室的燈亮著，覺得奇怪，才過去看。因為當天晚上，佐久間曾說，他九點要出門參加聚會，大概十二點才會回家。

走進會客室，她就發現經理渾身是血，俯臥在地，已經死了，她嚇得腿都軟了，立刻打電話報警。

小田刑警擔任搜查主任，前往調查，除了屍體之外，他只看到那座鐘擺時鐘。鐘擺時鐘被子彈射中，停在九點半，應該是兇手開第一槍沒有打中，打到時鐘，第二發子彈才射死佐久間吧，如此一來，他推測凶案的時間，應該是九點半。

於是，他們先調查屍體，調查完畢後將屍體送到警視廳，準備解剖，接著又檢查時鐘，然後又立刻分頭進行，傳喚所有日本汽船公司的員工，逐一進行偵訊。

「後來呢？」

小田刑警繼續說：

「只有一個特別可疑的男子哦。名字叫做小野龍太郎，其他員工都能清楚交代昨天晚上的行蹤，只有小野龍太郎說不出自己七點到九點的行蹤。雖然他說去散步了，又沒有證據可以證明。可是凶殺案發生在九點半，好像也沒有理由懷疑他，只不過……」

俊夫提出反駁。

「可是，時鐘的指針可以自行移動啊，凶殺案未必一定發生在九點半吧？」

「你說得沒錯。我也有想到這一點，不過，我們也沒有證據能證明時鐘的指針被人動過。即使有人故意移動指針，也沒有證據能夠證明，小野龍太郎昨晚去過佐久間的家。所以我不知道該怎麼辦呢。再說，除了員工，沒有人可能會殺害佐久間。」

俊夫盯著小田刑警困擾的模樣，輕輕點點頭，陷入沉思。

過了一會兒，俊夫問道：

「遇害的佐久間曾經說過，他那天晚上要出門參加聚會，對吧？他穿著什麼樣的服裝呢？」

「他穿著晨禮服哦。」

俊夫再次陷入思考。後來，他又問：

「請問壞掉的時鐘，是不是還維持原狀呢？」

「還維時原狀哦。我已經下令，連玻璃碎片都不能碰。」

「那位小野，現在還拘留在警視廳嗎？」

「直到洗清嫌疑之前，我們都不打算放人。」

「小野見過佐久間的屍體嗎？」

「當然沒看過。」

俊夫像是下定決心似地站起來，對我說：

「大哥哥，幫我拿偵探包，準備出門。還有，P叔叔，」

他對小田刑警說：

「請你現在去警視廳，把小野帶到佐久間家。我們要先過去調查鐘擺時鐘。」

小田刑警離開後，我叫來汽車。

各位，俊夫要怎麼找出小田刑警苦苦找不到的兩個證據，也就是小野龍太郎昨夜造訪佐內間家的證據，以及故意移動鐘擺時鐘指針的證據呢？在繼續閱讀故事之前，請大家就我已經寫的部分來判斷一下吧。

破綻

我們搭的車剛抵達佐久間家，監視的刑警就走出來了。他帶我們前往會客室。

俊夫一踏進會客室，立刻湊到鐘擺時鐘旁，一直瞧個不停。接下來又拾起掉落在地板上的玻璃碎片，對著光線研究，或是以手指來回摩擦表面。後來，他又搬來一張椅子，站上去，貼著鐘面認真觀察。

過了一會兒，俊夫從椅子上翩然而降，盯著地板上的血。結束之後，他環顧整間房間。然後他輕輕點了兩、三次頭，露出微笑。那是每次俊夫發現什麼線索的時候，都會露出的笑容。

我問：

「知道什麼了嗎？」

俊夫用力點點頭。

「時鐘的指針，真的是被人刻意移動的嗎？」

壞心眼的俊夫只露出賊笑。

「大哥哥，我去見一下婆婆。」

說著，他走出會客室。過了一會兒，俊夫回來了，看來是從老婆婆那裡聽到什麼有力的證據，神情相當愉悅。

這時，小田刑警帶著小野龍太郎走了進來。龍太郎的面容非常平靜。

待小田刑警介紹完畢後，俊夫對龍太郎說：

「小野先生，您一定很困擾吧。請問佐久間先生昨天在公司，有沒有做出什麼跟往常不一樣的奇怪舉動呢？」

「跟平常沒什麼不一樣哦。」

「昨天，佐久間先生穿著什麼衣服呢？」

「他穿著晨禮服。」

「這樣啊。」

俊夫雖然這麼說，不過他臉上卻露出非常興奮的神色。

俊夫在會客室裡走來走去，走了一段時間。

接著，俊夫對小田刑警說：

「P叔叔，我知道兇手是誰了。」

「咦？是誰？」

「當然是這位小野先生。」

這時，龍太郎神色大變，接近俊夫。

「什麼？你憑什麼說我是兇手？」

他表現出非常狂暴的態度，似乎隨時都要撲到俊夫身上。

俊夫說：

「安靜地聽嘛。」

「據說，您昨晚七點到九點外出散步，對吧？那是騙人的。您昨晚確實來見過佐久間先生。」

這時，小田刑警立刻接著說：

「你怎麼知道？」

龍太郎默不作聲，只是盯著俊夫。

「小野先生剛才說，佐久間先生穿著晨禮服，對吧？不過，我剛才聽老婆婆說，佐久間先生穿著一般的西裝去上班，為了出門參加夜間的聚會，用過晚膳後，立刻換上晨禮服。

這表示小野先生見過昨夜穿晨禮服的佐久間先生。所以，不小心誤以為佐久間先生昨天也穿晨禮服去公司上班。」

聽完之後，龍太郎的臉色刷白。全身顫抖。

「不過，」

龍太郎粗聲反駁。

「就算我夜裡去拜訪他，凶殺案不是九點半的事嗎？我不知道，不是我。」

俊夫像是要壓制他似地說：

「我也覺得您大概會這麼說。」

「不過，時鐘的指針一定是事後才掉包的。因為我已經檢查過時鐘玻璃蓋，表面沾著開槍的硝煙反應。這是從極近距離開槍的證據。也就是說，兇手刻意射擊時鐘。所以他的目的就不用多說了，當然是為了讓人誤會行凶的時間。既然兇手沒發現玻璃上的硝煙反應，表示他一定有些慌張。因此，兇手可能是在移動時鐘指針之前就先開槍了。如此一來，指針就不會動了，他肯定是拆下指針，換了位置。

好，接下來就是關鍵了。P叔叔也要聽仔細了。聽好囉，兇手一定很慌張，雖然換了指針的位置，改變時間，不過肯定忘記要讓時鐘敲鐘了。現在懂了吧？

接下來，我要拆下鐘面，檢查機械。這樣一來，我們就能立刻得知時鐘會敲幾下。如果檢查之後，鐘沒有敲九下的話……」

俊夫突然閉上嘴。這是因為，龍太郎這時候已經昏倒了。

在俊夫的照顧之下，他總算醒了過來，坦誠事情的一切經過。於是，俊夫又精采地解決了這起事件。

自殺或他殺

那是有兩個抽屜的矮書桌。俊夫先拉開左邊的抽屜。他在裡面的各類文件中，發現藤田老先生的遺囑謄本。內容寫著自己死後要將全部財產贈予外甥瀨木福松。

自殺或他殺

發生事件了！

「大哥哥，天氣這麼熱，腦筋一點也不靈光了。」

某天下午，少年科學偵探塚原俊夫在實驗室，抬起原本在看顯微鏡的臉，對我說了這句話。時序到了七月，天氣一下子熱了起來，才過兩、三天，就飆升到華氏九十度[1]，怪不得俊夫發出這樣的感嘆。

我不帶諷刺地問：

「你的腦袋也有不靈光的時候嗎？」

「你可別開玩笑啊。我的腦袋跟一般人的腦袋又沒什麼不一樣。我只是比別人更喜歡深入思考事情而已。

人們常說，思考會讓腦袋發熱，我正好相反呢。思考得愈多，我的腦袋跟身體也

譯註1　約攝氏三十二度。

會愈涼爽哦。要是今天能發生什麼事件，一定會更涼爽，可是這陣子根本沒人來委託我調查，我的腦袋才會在這麼熱的天氣，變得一點也不靈光了。」

「要是下一場午後雷陣雨就好了。」

我有點同情俊夫，眺望窗外萬里無雲的晴空。

俊夫好像不太高興地說：

「普通的午後雷陣雨沒辦法讓我的身體變涼啦。」

這時，實驗室兼會客室的大門傳來敲門聲。我去開門，發現來者不是別人，而是警視廳的小田刑警。

「嗨，P叔叔，您來啦。太感動了！」

說著，俊夫開心地衝到小田刑警身旁。

「P叔叔一定為我帶了午後雷陣雨來吧。」

小田刑警不懂俊夫在說什麼，楞在原地。沒有錯，這個世上哪有人能帶來午後雷陣雨呢？於是我簡單地跟他聊了我們剛才說的內容。

小田刑警露出微笑，坐在桌子旁邊的椅子上，展開扇子，邊搧邊說：

「我的確帶了午後雷陣雨來哦。」

俊夫的臉上亮起愉悅的光彩。

「快點跟我說事件吧。」

也不給小田刑警喘息的機會，俊夫急忙催促他。

很快地，小田刑警便啜飲著我送來的冰咖啡，說起事件的經過。

自殺身亡嗎？

芝區M町十番地，住了一位名叫藤田又藏的無職老先生。以前的工作是放高利貸，最近，由於身體健康大不如前，便與幫傭的老婆婆住在一起，賞玩盆栽度日。

由於曾經放過高利貸的緣故，他的個性極為頑固，直到一年前，他都把唯一的外甥當成自己的孩子，養育著他，不過，由於外甥沉迷酒色，最後終於被他掃地出門。

這名頑固的老先生，不知道是不是感應到什麼，前天夜裡，把兵兒帶掛在臥室的欄間[2]上，穿著睡衣上吊身亡了。幫傭的老婆婆早上才發現，大吃一驚，立刻報警，所以小田刑警跟警察醫一起趕到現場。

調查結果發現，老先生似乎是有所頓悟，才會自殺。因為書桌上放著展開的《般若心經》，藤田老先生自殺前應該在讀經。也沒有外部入侵的跡象，老婆婆早上開門的時候，每扇門窗都是鎖好的。金庫及其他物品，也沒有被人碰過的跡象。

藤田家十分寬敞，藤田老先生睡在最裡面那間八張榻榻米大的房間裡，老婆婆則睡在廚房旁邊的房間，距離相當遙遠，所以老婆婆完全聽不見裡面房間的動靜。再加上老婆婆似乎不是什麼聰明的人，不管問她什麼，都聽不到什麼完整的答案。

不過，多方詢問老婆婆後，怎麼也找不到藤田老先生自殺的理由。書桌抽屜裡，放著遺囑的謄本，不過那是三個多月前立的，對老人家來說，預立遺囑也是很正常的事。不過，又找不到什麼他殺的痕跡。

藤田老先生好像是半夜從被窩裡爬出來自殺的，警察醫鑑定並比對死後的經過時間，也沒有什麼可疑之處。

於是，警方定調藤田老先生大概死於自殺。

外甥在哪？

以上是小田刑警講述的主要重點，說完之後，小田刑警最後壓低了音量說：

「不過俊夫啊，我還是不覺得老人是自殺的。可是，我也找不到任何證據，除了定調為自殺，也沒有別的辦法了，但是，日子過得好好的人突然自殺了，怎麼想都很奇怪啊。這陣子天氣特別熱，也是有人因此自殺，只不過，既然是這樣，他應該安靜地讀經，不會自殺才對。所以，我想請你調查，看看老人是不是真的死於自殺。」

俊夫一直聆聽小田刑警的話，這時，他才問：

「請問藤田老先生的外甥人在哪裡呢？」

「老實說，我們這邊也在找他，不過還沒找到他的下落，聽說他打從一年多前就沒再回來過了，甚至不知道他是死是活。」

俊夫說：

譯註2　和室紙拉門上方的裝飾氣窗。

「那就麻煩了呢，要是能問過外甥，大概能理解老先生自殺的情況吧，對了，這起事件還沒上過新聞吧？」

「在明確定調是不是自殺之前，我們先壓住新聞報導了。」

俊夫思考了一會兒。

「光靠目前聽到的內容，我也沒有頭緒。請問屍體還維持原狀嗎？」

「沒有，天氣這麼熱，昨天早上姑且先埋葬了。」

「這就更棘手了啊。不過，坐在這裡思考，也悟不出什麼道理，可以麻煩您現在立刻帶我去藤田家嗎？」

於是我們準備一番，僱了一輛車。長時間的日照，讓路上多了許多雪白的土堆，讓人覺得悶熱不堪，不過俊夫臉上卻浮現非常涼爽的表情。現在，俊夫的腦袋一定在全速運轉吧。

不久，車子就停在藤田家門口。

桌上的經書

在小田刑警的帶領之下，我們進入藤田老先生的臥室，也就是那間八張榻榻米大的房間。棉被早就折起來了，桌子跟《般若心經》則維持原狀。

小田刑警叫來老婆婆，接著又鉅細靡遺地向俊夫說明自己第一次來調查時的始末。俊夫只是沉默地點頭，認真聆聽。

隨後，俊夫湊近桌子，先拿起桌上的《般若心經》查看。心經的長約六寸，寬約兩寸，詢問老婆婆後，得知那是供在藤田家佛壇上的經書。

接下來，俊夫開始檢查桌子。那是有兩個抽屜的矮書桌。俊夫先拉開左邊的抽屜。他在裡面的各類文件中，發現藤田老先生的遺囑謄本。內容寫著自己死後要將全部財產贈予外甥瀨木福松。

接下來，俊夫拉開右邊的抽屜。裡面放著硯台與各式瓶瓶罐罐，俊夫對其中的某個罐子特別感興趣。那是裝著維生素A藥錠的罐子。維生素A用來治療營養不良時引發的疾病。

俊夫詢問老婆婆：

「請問您們家老爺的身體不好嗎？」

老婆婆回答：

「這陣子，經常看到他在吃藥，不過他本來就是個性頑固的人，好像也沒跟別人說過他生病的事。」

「他的肺是不是不太好呢？」

「沒有哦。」

後來俊夫又再一次檢查左右兩邊的抽屜，終於發現一張紙條，所以他微微一笑。那是每當俊夫發現有力線索時，都會露出的微笑。

我忍不住問道：

「你找到什麼稀奇的東西了嗎？」

「這個哦。」

說著，俊夫拿了一張眼科醫生的診療費收據給我看。我完全不明白這張紙有什麼意義。

「P叔叔，我出門調查一下，請您在這裡等候。」

說完，俊夫丟下我們，很快就出門去了。隨後，我們聽見在門口待命的汽車引擎聲。

抽絲剝繭

莫約一小時後，俊夫像個勝利者一般，滿臉愉悅地回來了。

小田刑警迫不及待地問：

「怎麼了？」

俊夫斬釘截鐵地說：

「藤田老先生果然不是自殺的。」

小田刑警嚇了一跳，說：

「你怎麼知道？」

俊夫露出壞心眼的笑容。

「以後再告訴您。請先照我的指示，發布這起事件的新聞稿，可以嗎？」

「哦哦，沒問題。」

只要是俊夫的吩咐，小田刑警總是照單全收。

於是，我們前往警視廳。俊夫跟小田刑警兩人共處一室，討論新聞稿的發布事宜。

第二天的報紙，果真以斗大的字體，印著「自殺或他殺」的標題，報導藤田老先生的自殺事件。先詳細描述發現屍體的始末，接著又寫了以下的報導。

……然而，根據調查結果，得知老先生當天曾寄出一封信，給S町一名叫做水野的律師，表明想要重立遺囑，請他在這兩、三天來一趟。如果打算在當晚自殺，應該不會寄出這樣的信件，有他殺的可能性，相關單位正密切調查當中……。

看了這篇報導，我有一股異樣的感覺。這是因為小田刑警根本沒說過藤田老先生寄信給水野律師的事。於是，我認為俊夫昨天自行搭車獨自調查，應該是去找水野律師吧。

我問：

「你昨天去找了水野律師嗎？」

俊夫說：

「不是哦。我只去了眼科。在這個世界上，根本沒有水野律師這個人。」

我再度萌生異樣的感覺。然而，我想現在深入詢問俊夫，只會惹他不高興吧，所以我默默地想了各種可能，卻怎麼也想不通，為什麼要把虛構的水野律師放進這篇報導裡。

隔一天，報紙沒有任何相關的新聞。俊夫也沒說什麼。再隔一天，則出現以下的新聞報導。

「……之前曾經懷疑藤田老先生是不是死於他殺，進行相關調查，最後還是定調，他乃是由於酷暑導致一時精神耗弱，選擇自殺。……藤田老先生只有一名外甥——瀨木福松，儘管他可以繼承老先生的財產，目前卻下落不明，相關單位正在搜索。請本人或得知本人下落的人士，與警視廳聯絡……。」

我又產生一股異樣的感覺。總不可能因為俊夫後來不曾再參與調查，就定調藤田老先生不是死於他殺吧。

我實在耐不住性子，問道：

「俊夫，到底是怎麼一回事啊？」

「這是有原因的。大哥哥，你再等一陣子吧。最晚在今天下午，P叔叔就會打電話來了。」

下午一點剛過，小田刑警果真打電話來了，說是藤田老先生的外甥，瀨木福松已經出面投案了，要我們馬上過去。

解開謎團

一來到警視廳，立刻有人帶我們到小田刑警的房間。房裡坐著一名三十歲上下，眼神銳利，身材壯碩的男子。不用多說，他正是瀨木福松。

小田刑警向瀨木介紹俊夫與我。瀨木露出奇怪的表情，盯著俊夫。他一定很懷疑，這個少年真的是偵探嗎？

不久，俊夫對瀨木說：

「老實說，藤田先生並不是自殺，而是被人殺害的。」

「咦？」

瀨木神色大變。

「可是，報紙不是寫了，已經定調是自殺嗎？」

「報紙通常都是亂寫的。」

俊夫以冷靜的態度說：

「坦白說，前幾天，我檢查藤田先生房裡的書桌抽屜，我找到裝著維生素A的罐子。維生素A用來治療營養不良導致的疾病，剛開始，我以為藤田先生罹患肺病。不過，問了老婆婆之後，好像沒那沒事。

後來，我又找到眼科醫生診療費的收據。這時，我才恍然大悟。需要維生素A的眼部疾病，第一個就會想到夜盲症，也就是俗稱的『雀盲』。

於是我搭車到那家眼科查詢，得知藤田先生果真罹患嚴重的夜盲症。藤田先生是個頑固的人，似乎不願意讓別人知道自己是『雀盲』，就連老婆婆都不例外。

如果說藤田先生得了夜盲症，他在夜眼看不見東西，所以自殺之前根本不可能翻開《般若心經》來閱讀。這時，我判斷藤田先生死於他殺。於是我推測兇手為了讓人以為他是自殺，才假裝他曾經研讀心經。」

說話的同時，俊夫一直盯著對方瞧。瀨木臉上露出驚恐及害怕的神色。我非常佩服俊夫的推理。儘管如此，俊夫依然繼續說：

「所以兇手會是誰呢？據老婆婆供稱，每一扇門都鎖得好好的，當天夜裡也沒有外人入侵的跡象。如此一來，兇手有可能是老婆婆，不過，老婆婆的臂力可沒辦法把藤田先生勒死，再偽裝成上吊。

於是我推測，這一定是熟知家裡情況的人的所做所為，兇手大概在白天潛進來，躲在某個壁櫥裡，將藤田先生勒斃，再熟門熟路地從佛壇裡拿出《般若心經》，偽裝成自殺，接下來一直等到天亮，老婆婆起床之後，再偷偷離開屋子。」

說著，俊夫再次盯著他的臉。瀨木彷彿化為石頭，認真聽著這名不可思議的少年說的話，不過他的面色如土，不發一語。

「所以兇手是誰呢？」

俊夫拉高了音量說：

「瀨木先生，我認為兇手除了你之外，就沒有別人了。你缺錢花用，所以殺了你舅舅。」

聽了這句話，瀨木正想起身，下半身卻像痲痺一般，再次倒回椅子裡，反駁說：

「不對，不對。你在說什麼啊，真沒禮貌。」

「繼續聽下去吧。」

俊夫愈來愈沉著地說：

「那我問你囉，看到前天的新聞報導，你為什麼沒有立刻到警視廳投案呢？」

聽了這句話，瀨木露出少許躊躇的神色，不過他立刻回答：

「我前天沒看報紙。」

「胡說！」

俊夫語帶威脅地說：

「你看到那篇報導寫著有他殺的可能性，正在調查，所以才沒出面吧。不過，今天報導寫著已經定調為自殺，你才露臉的吧？」

「不是，你有什麼證據證明是我殺的？我已經一年多沒來舅舅家了。」

「那麼，這段時間你都在哪裡呢？」

「在哪裡都無所謂吧？」

「所以你確實在這一年內，都沒跟藤田先生見面嗎？」

「當然沒見過。」

「這樣啊，既然你這麼堅持，那就沒辦法了。不過，壞事可不能做哦。你在前天的報紙上，應該看到藤田先生打算委任水野律師，重新立一份遺囑吧？

藤田先生的遺囑寫著，自己死後要將全部財產都捐贈給公共團體，不過他打算委託水野，改寫成將一部分贈予你。

不過，你將藤田先生殺死了，連一毛都拿不到了。」

聽完之後，瀨木立刻全身緊繃，放聲大叫：

「你胡說。舅舅的遺囑明明寫了要把所有財產都送給我。」

「哈哈哈，你終於承認了呢。」

俊夫得意洋洋地說：

「你擅自看過書桌裡的遺囑謄本了吧？那份遺囑是三個月前立好的。你已經一年多沒來過藤田家，不可能知道這件事吧？老實說，在這個世界上根本就沒有水野律師這個人。都是為了讓你坦白的權宜之計。」

聽了這句話，瀨木當場低下頭。過了一會兒，才坦誠一切的罪狀，跟俊夫的推測絲毫不差。他原本打算勒死舅舅，捲款潛逃，卻不經意地看到書桌裡的遺囑謄本，於是佯裝成自殺，等著將舅舅的財產據為己有。

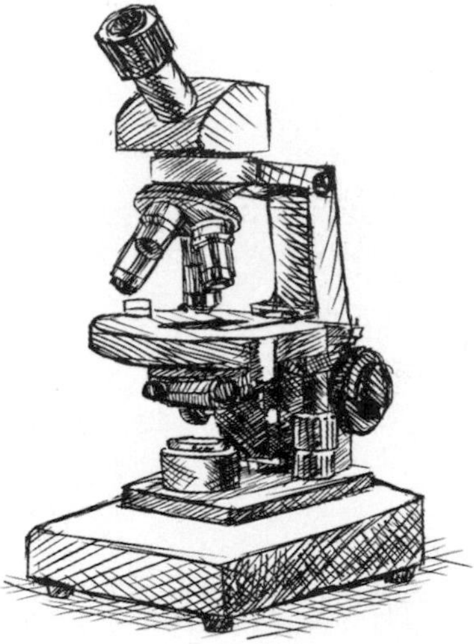

塵埃會説話

傻夫是個連大人都自嘆弗如的聰明孩子，他一定會想辦法保護自己吧，不過，跟那些只靠蠻力的人，怎麼可能講道理，對抗蠻力一向是我的工作，既然他們硬是把我跟傻夫拆散，傻夫現在應該很寂寞吧。

綁架

今年夏天比往年熱多了，炎熱的日子持續了許久，到了九月中旬，這才吹起秋風，早晚都帶了幾絲涼意。我們的少年科學偵探——塚原俊夫，腸胃在八月時出了點毛病，健康情況不見好轉，一直到了秋季才完全康復，現在活力非常旺盛，經常語帶諷刺地對我說：

「大哥哥，有沒有什麼讓人心跳加速的冒險啊？最近，我好想大顯身手哦。」

「這也是沒辦法的事。少一些殺人案跟強盜案，這個世上比較安全嘛。」

「話雖然這麼說，對我來說，安全的世界太平凡了，好無聊啊。要是再不發生什麼有趣的事件，我大概又要生病啦。」

這一個多月以來，都沒有接到什麼重大事件的委託，也怪不得俊夫這麼失望了。

「現在沒有事件，總不能自己製造事件吧。你就乖一點，耐心等待吧。」

我只能說這種話來安慰他。

一天上午，我們又重覆著這段不知已經說過幾次的對話，這時，我們聽見車子停在門口的聲音。

接著有人敲了我們事務所的大門。每次有訪客上門，總是由我出門迎接，不過，這一天則是俊夫跑了出去。

訪客是一名年約四十，穿著西裝，嘴邊蓄著鬍鬚的壯碩紳士。他好像有什麼心事，臉色相當蒼白。俊夫客氣地請他進來，拉椅子請他坐下，向他介紹我，再平靜地詢問他的來意。

「我是住在本鄉東片町的富田重雄，是ＸＸ銀行的董事。」

說著，他掏出名片，遞給俊夫，

紳士以優雅的口吻說：

「昨天家裡出了一些事，我有點擔心，所以前來跟您討論。」

俊夫盯著紳士的臉，詢問：

「請問是什麼事，讓您這麼擔心呢？」

「我七歲的長子被人綁架了。」

聽到「綁架」，俊夫瞄了我一眼。他的眼神明確透露了這些訊息：

「大哥哥，我期待許久的事件終於上門了。好開心哦。」

不過，俊夫卻面不改色，以非常平靜的口氣說：

「請您說明事情的始末。」

紳士說：

「在描述這起事件之前，我先簡單地介紹一下我的家庭。昨天遭到綁架的長子小豐，是我跟前妻的孩子，小豐的母親已經在去年四月病逝。後來，我一直一個人過活，後來因為種種緣故，上個月娶了繼室。

我的繼室名叫常子，雖然她的出身卑微……抱歉，在此不方便透露她的身分……，總之，因為各種複雜的情況，才會讓常子來照顧我們。

不過，常子對我跟小豐都很親切，我也覺得十分欣喜。只不過，小豐很討厭常子，很少接近她。因此，小豐的事，全都交給在我們家服務多年的女傭，一名叫做阿崎的老婆婆處理。

昨天，阿崎帶著小豐，去附近的M神社玩。小豐混在一群孩子之中，沐浴著秋日陽光，開心地到處嬉戲，所以阿崎沒有特別留心，坐在拜殿打毛線。

太陽逐漸西沉，阿崎也想回家了，開始找小豐，卻到處都找不著小豐的身影。她嚇了一跳，詢問孩子們，說是大約三十分鐘前，有個沒見過的大叔過來，把小豐帶走了，於是她一路跌跌撞撞地跑回家，小豐怎麼可能在家裡。也就是說，小豐被人綁架了。」

這時，紳士嘆了一口氣，露出悲傷的表情。俊夫宛如一尊化石，熱衷地傾聽他的話。

「於是，我們家裡掀起一起大騷動，妻子急急忙忙打電話去我上班的地點找我，我正好外出辦事，去拜訪別人家，六點半才回家，這才知道出事了。

當時，我問妻子，問她有沒有報警，妻子說，畢竟家裡出事了，還是要等我回來再決定。我認為這事分秒必爭，打算親自去電話房打電話，這時，一名女傭跑過來，說剛才來了個奇怪的男人，把這封信扔進家裡。我覺得不太對勁，展開信件一看，果然是恐嚇信。」

說到這裡，紳士從口袋裡拿出一封皺巴巴的信。那是一個褐色的事務用信封，正面什麼都沒寫。紳士從抽出裡面的信紙，展開並唸出來。

小豐在我這裡。明晚十點，把三萬圓用紙包妥，放在本鄉區A町S橋的橋邊，石牆下第五顆石頭右邊的洞裡，我就會放小豐回家。萬一你報警的話，我會立刻要了小豐的命，懂了沒？　拳頭團

富田先生又繼續說：

「看了這封恐嚇信，我還是打算報警，可是一旁的妻子連忙阻止我。一直說如果能用三萬圓換回小豐，很划算了。如果去報警，不知道會發生什麼事，你難道不管小豐的死活了嗎？總之，我也只能聽妻子的話，暫時打消報警的念頭。後來，我整夜坐立難安。實在是放心不下，所以今天才過來找您商量。」

俊夫問：

「請問尊夫人是否知道您來這裡的事呢？」

「不知道，萬一她又阻止就糟了，所以我偷偷來的。」

「昨天綁架少爺的男人，長得什麼樣子？」

「因為那是孩子們講的，實在不清楚對方的長相，聽說是戴著狩獵帽，穿著西裝，有點年紀的男人。」

「把這封信扔進貴府的男人，又是什麼模樣呢？」

「據女傭表示，因為天色很暗，看得不是很真切，不過對方是個年輕的男人。」

「所以，綁架少爺的男人跟扔信的男人，不是同一個人吧。」

「應該不一樣吧。」

「阿崎這個老婆婆，是值得信任的人嗎？」

「她是一個老實的女人，在我們家工作很久了，這點我很清楚。可憐的阿崎，昨晚還擔心到睡不著覺。」

俊夫拿起恐嚇信，盯著上面寫著字句。

「這封信刻意用了偽造的筆跡，您對這個字跡有印象嗎？」

「沒有。」

「您之前有沒有收過類似的恐嚇信呢？」

「沒有。」

俊夫沉默地想了一會兒，以凝重的口氣說：

「您願意為了少爺的性命，付出三萬圓嗎？」

「當然願意。只不過，我付了三萬圓之後，他們肯放小豐回家嗎？」

「只要付錢，對方應該會放人。所以，請您在今晚之前，準備三萬圓現金吧。今晚九點，我會登門拜訪，收取那筆錢，幫您放到指定的洞裡。再把少爺帶回來。」

聽了俊夫這段信心滿滿的話，富田先生露出安心的表情，期待晚點再次碰面，便離開了。

紳士離開後，我不安地問：

「俊夫，你真的能把小豐帶回來嗎？」

「不知道耶。」

「咦？你剛才不是說會把他帶回來嗎？」

「那當然是安撫爸爸的話啊。」

「所以你打算帶著三萬圓，去跟歹徒打交道嗎？」

「對啊，有大哥哥在，沒什麼好擔心的嘛。」

「所以你打算放過那些歹徒嗎？」

「沒有，我要把他們抓起來。」

「怎麼抓？」

「給他們三萬圓，讓他們放心，再逮捕他們。」

「你已經擬好計劃了嗎？」

「還沒，我現在開始想，晚上就會想好了。」

接下來，俊夫走進實驗室，一直待到傍晚，不知道在想些什麼。

我們才剛吃完晚餐，沒想到富田家居然派了車子來接我們。

司機告訴我們：

「拳頭團說要更改時間，所以老闆交待，請您立刻過去。」

我們立刻做好準備。才走到外頭，急性子的俊夫立刻跳到車上。我則是走在他後頭，距離約五、六步。

沒想到俊夫上車後，車子居然立刻發動，開走了，我大聲嚷嚷：「我還沒上車！」在車子後面追趕。說時遲，那時快，我的後腦勺受到劇烈的撞擊，就這麼昏了過去。

假電話

後來，我不省人事，根本無從得知自己昏迷了幾分鐘、還是幾個小時。我們那條路本來就人煙罕至，路燈又少，光線很暗，即使我倒在馬路上，只要沒被我絆倒，路人應該不會發現我吧。

總之，因為寒冷的關係，也沒人來搖醒我，我就自行睜開眼睛，醒了過來。清醒之後，我立刻察覺發生了什麼事。也就是說，我發現有人竟然毫不留情地把俊夫從我手中搶走了。

我站起來，環顧周遭，這一帶當然再也看不到把俊夫載走的車子了。此外，剛才的情況又那麼危急，我也沒看到車牌號碼，所以，我根本沒有任何線索，能找到那輛車子。

如果有下雨，也許還會留下輪胎的痕跡。不過很不巧，地面是乾的，即使在路燈的光線之下，都看不到什麼汽車輪胎的痕跡。

這下我也沒轍了，我拍掉身上的泥巴，回到我們的實驗室。看了時鐘，得知我只昏迷了三十分鐘。我打算去主屋，向俊夫的雙親報告俊夫被不認識的車子載走之事，又想到要是害他的父母乾著急，也有點可憐，想到剛才那輛車自稱是本鄉的富田家派來的，說不定真的是在富田先生的指使之下派來的，於是我打算打電話給富田先生，登門造訪。

電話是富田先生本人接的。我詢問他，有沒有派車子過來接我們，不出我所料，他說沒那回事。於是，我告訴他剛才發生的事，富田先生也嚇了一跳，又說了更奇怪的事。

至於那是什麼事呢，富田先生說他剛才接到俊夫的電話：「非常抱歉，要請尊夫人帶著三萬圓，送到事務所來，計劃已經變更了。」所以我立刻讓車子送妻子過去了。

我驚訝不已。在我們出門之前，俊夫根本沒打過那種電話，也不可能趁我昏迷不醒的時候，回來打電話，他說不定是從被載去的地方打的，如果是這樣，也不可能讓富田夫人帶著錢來事務所。

於是，我把我的想法說出來，富田先生也非常驚訝，便說：「這些話用電話也講不清楚，我現在上門叨擾。如果妻子帶著錢造訪，請幫我留住她，直到我過去為止。」

說完就把電話掛斷了。

我覺得自己好像被耍得團團轉。甚至覺得自己是不是在做夢。剛才被打的後腦勺還隱隱作痛，心裡也覺得好絕望，同時又感到一股不能坐視不管的焦慮。傻夫現在怎麼了？是不是平安無事呢？有沒有吃了什麼苦頭呢？

傻夫是個連大人都自嘆弗如的聰明孩子，他一定會想辦法保護自己吧，不過，跟那些只靠蠻力的人，怎麼可能講道理，對抗蠻力一向是我的工作，既然他們硬是把我跟傻夫拆散，傻夫現在應該很寂寞吧。

想到這裡，我忍不住站起來，在房裡走來走去，思考各種可行的辦法。這種時候，要是傻夫在身邊，一定能想出好主意吧，重點是傻夫不在身邊，我只能陷入慌亂之中。乾脆打電話去警視廳，請小田刑警幫忙吧，不過我又想起拳頭團送給富田先生的恐嚇信，於是下定決心，等富田先生來訪。

先一步離開富田家的夫人，早就應該來了，卻還不見人影，大概也被歹徒綁架了吧。拳頭團綁架富田家的少爺，綁架俊夫，接著又綁架富田夫人。想到這裡，我實在是對拳頭團的行為深惡痛絕，不過，我又無計可施，除了在一旁咬牙切齒，也沒辦法採取更進一步的行動了。

不久，我聽到車聲，心想該不會是富田先生來了吧，便走到外面一看，來者果然是富田先生本人。他一臉擔心地問：

「請問我太太有沒有過來？」

「她沒來哦。」

「哦哦，這麼說，果然是歹徒的詭計吧。先綁走小豐，還奪走三萬圓，我到底該怎麼辦？」

聽了富田先生的話，我不知道該說什麼來安慰他。不過，我也失去了俊夫，跟他一樣難過。我心想，不能再這樣浪費時間了，便問：

「剛才您說，俊夫打電話給您，那真的是俊夫的聲音嗎？」

「老實說，電話是我太太接的。」

後來，我向他敘述我遇難的始末，富田先生也詳細說明夫人外出之前的過程。

我問：

「請問您知道夫人搭乘哪一輛車嗎？」

「當然知道。因為是我去附近計程車公司叫來的。」

「請您現在立刻打電話回家，詢問那輛計程車，把夫人載去哪裡，又發生了什麼事。」

富田先生打電話回家，叫來女傭，請女傭幫忙。富田先生詢問女傭，得知夫人尚未回家。

到了這個地步，我覺得這已經是個不容輕視的事件了，我跟富田先生討論，認為應該向警察求救。富田先生畏於拳頭團的恐嚇信，剛開始還有點猶豫，不過關鍵人物俊夫已經不在了，最後還是贊成我的提議。

我打電話到警視廳，接電話的值班員警，恰巧是俊夫口中的「P叔叔」，也就是小田刑警。我簡單地說明今天一早到現在發生的事，小田刑警說：

「那可麻煩了，聽到俊夫被綁架，可是一刻也不能耽擱啊，電話也說不清楚，我先請人代班，立刻趕過去。」

給了一個值得欣喜的回應。

我覺得自己突然充滿了活力。只要小田刑警肯過來，就能借用幾個警視廳的巡警。只要掌握歹徒的根據地，應該可以立刻將他們逮捕吧。

可是啊，可是啊，歹徒在哪裡呢？想到這一點，我的臉又垮了下來。就算小田刑警來了，大概還是不知道歹徒在哪裡吧。

想著想著，電話鈴響了，我回過神，接起電話，是富田家的女傭打來的，我問她事情辦得怎麼樣了，她詢問載夫人的計程車司機後，得知夫人在須田町的十字路口，突然說有事要下車，叫司機回去。

我們面面相覷。富田先生一臉狐疑地說：

「所以我太太並沒有被綁票呢。太奇怪了。」

說完便陷入沉思。

我跟他一樣，也覺得夫人的行動很詭異。夫人說俊夫打電話來，帶了三萬圓出門，卻在半路下車，而且也沒到我們的事務所，到底是怎麼一回事呢？

當我開始思考時，警視廳的小田刑警氣喘吁吁地來了。總之我先跟他說了來龍去脈，也說了富田夫人不可思議的行動。富田先生也在一旁不時補充。

小田刑警一直聆聽我們說話，後來不曉得想起什麼，拿出手錶來看。

「九點十五分了嗎？拳頭團說過，要在今晚十點錢送到本鄉XX橋旁，對吧？為了保險起見，我還是派屬下去XX橋附近看看吧。」

說完，小田刑警打給警視廳，命令兩名屬下前往XX橋，看看有沒有什麼奇怪的狀況。

接下來，我們三個討論該怎麼逮捕拳頭團那幫人。小田刑警似乎也想不到什麼好主意，雙手盤胸，閉著眼睛，一直思考。

過了十五分鐘，電話鈴響個不停。這是前往XX橋的巡警打來報告的電話，所以小田刑警接了電話。這時，小田刑警說的話，把我們嚇了一大跳，相信大家聽過就能明白我們受到的震撼。

「什麼？俊夫跟小豐的嘴巴被矇住，綁在松樹上？兩個人都沒有生命危險吧？那就好。馬上派車，護送他們過來。」

回家

相信大家都能想像，得知俊夫跟小豐會坐車過來後，我們是多麼期盼吧？尤其是富田先生，他的寶貝獨生子能平安無事地從歹徒手邊回來，他高興的不得了。我也一樣，想到能跟俊夫見面，就坐立難安，在房裡走來走去。小田刑警看到我們兩人開心的模樣，也露出微笑。

不久，我們興奮難耐的時間總算是過去了，外面傳來停車的聲音。我們三個人像是說好了似的，一起往外衝。

接著發生的是！

富田先生把小豐一把抱起來，我則是牽起俊夫的手。

「大哥哥，小豐很聰明哦。他完全沒哭呢。」
說著，俊夫也不驚不慌地向富田先生行禮，又繼續說：
「大哥哥，你一定很擔心吧。P叔叔，非常感謝您。」
「嚇死我了啊。」
看到我們開心到說不出話來，小田刑警說：
「不過，歹徒讓你們兩個平安回來了吧？」
「他們只想要錢，達成目的之後，我們兩個就沒有利用價值了。」
說著，俊夫加強了語氣說：
「他們可能沒事找我了，不過，我找他們有事！」
「咦？」
我嚇了一跳，說：
「你打算要逮捕歹徒嗎？」
「當然啦，所以別再浪費時間了。各位，先進事務所吧。」
說著，俊夫一馬當先地走回家，我們三個，還有小田刑警那兩個護送俊夫回來的屬下也緊跟在後，走進事務所。

我走進屋裡後，俊夫說：

「大哥哥，立刻幫我準備顯微鏡。我想要檢查在那邊搜集到的灰塵。」

我連忙去準備。

「我想跟大家邊講話邊檢查，把它拿到這張桌上，可以幫我換個燈泡，方便我檢查嗎？」

一切準備妥當之後，俊夫從口袋裡拿出皺巴巴的紙團，用挖耳杓挖起裡面的灰塵，放在載玻片上，以顯微鏡觀察。

「裡面有各種東西。」

說著，俊夫認真地檢查了好一會兒，這才抬起頭，臉上露出滿意的神色。

「好了，各位，接下來，我要跟你們說我今晚的遭遇。」

俊夫似乎不見疲色，開始說起來。這時，小豐被父親抱在膝上，睜大了雙眼，乖巧地坐著。

「我跳上據說是富田先生來接我的車子，車子馬上開動了，我嚇了一跳，車上的男人立刻矇住我的嘴巴跟眼睛。

當時，我心想，大概是歹徒怕我擾亂他們的計劃，想把我帶到他們家吧，好吧，我下定決心，既然這樣，我一定要找到他們家，把他們一網打盡。

不過，他們也很狡滑，不想讓我知道他們住在哪裡，一直在路上亂繞，我想大約過了一個小時吧，車子停了。因為我的眼睛被矇住，根本不知道車子開了那條路。同時，我也不知道車子開到什麼樣的地方。

他們其中一個人背著我，把我帶進他們的屋子裡，不久，我被帶到二樓的一個房間裡，他們才拆掉矇住我嘴巴跟眼睛的布。仔細一看，有個小朋友蹲在房間的角落。我想，那一定是小豐吧，便叫了一聲『小豐』，那孩子輕輕點了點頭。

看到他可憐的模樣，我不禁說：『小豐，別擔心，我在這裡，沒什麼好怕的。』於是，帶我來的男人說：『喂，小孩子別說什麼大話。』仔細一看，對方是一個四十歲上下，滿臉通紅的男人，嘴巴蓄著鬍鬚。

我沉默地露出賊笑。結果那個男人說：『拿到錢就放你們回家，要是拿不到錢，你們就要一直待在這裡。』

我只是保持沉默，一直想著該怎麼做才能趁機離開。結果那個男人說：『別作怪，不然就等著瞧。』說完就下樓了，跟另一個男人不知道在聊什麼。

這時，我先把房間裡打量一番。房間約六張榻榻米大，還有壁龕，不過榻榻米已經老舊泛黑了，積了許多灰塵，還開了一盞髒兮兮的電燈。

我悄悄靠近擋雨窗，從縫隙望向屋外，可以看見遠方寺廟的屋頂，眼前則是寺廟的大門。其他什麼都看不見了，於是我再度坐在房間裡，突然，我聽見附近有火車經過的聲音。於是我得知那間屋子就在鐵軌附近。

不過，光是靠這些線索，我也不知道是在市區還是郊外。於是我一直思考，突然想到一個好主意。如果我搜集榻榻米上的灰塵，檢查裡面有哪些成分，應該可以得知附近有哪些工廠吧。

東京房子裡的灰塵，大多來自附近的工廠。我迅速撕下手帳的頁面，用手盡量搜集灰塵，再把它包起來。

後來，也不知道過了幾個小時，有個客人來到歹徒們的家。仔細聽說話聲，應該是個女人，過了一會兒，那個聲音的主人爬上樓梯。然後，那個人拉開紙拉門，小豐就叫：『啊，媽媽。』衝到她身邊。」

聽俊夫說到這裡，富田先生忍不住站起來說：

「咦？是我的妻子常子嗎？小豐，是真的嗎？」

詢問坐在膝上的小豐。

小豐只是沉默地點點頭。

「沒有錯，正是小豐的媽媽。這次的事件，主謀就是媽媽跟背我進來的男人，她們好像計劃從你這邊奪取三萬日圓，再潛逃到神戶，接著再偷渡到中國。」

「我完全沒發現。小豐，對不起，都是爸爸的錯，我不應該再娶的。」

說著，富田先生問俊夫：

「後來怎麼了？」

「後來，媽媽對小豐說：『因為你很討厭媽媽，才會淪落至這種下場哦。媽媽要跟別的叔叔一起去好地方了。這裡有從你那個傻爸爸那邊偷來的錢呢。』說話時還一邊拍拍懷裡。

我實在是氣不過，突然衝到小豐身邊，把小豐抱起來，遞給他媽媽，說：『請妳抱抱他吧。』結果媽媽更生氣了，把我們一把推開，對樓下的男人說：『喂，這些小孩沒用了，把他們帶去S橋扔掉。』

後來我們又被矇住嘴巴跟眼睛，被人開車送到S橋。然後被綁在松樹上，幸好被大家發現了。」

說到這裡，俊夫嘆了一口氣。大家都屏氣凝神地聆聽，這時小田刑警說：

「這麼說來，歹徒現在已經逃走了吧。」

「別緊張，他們還沒逃走。接下來，我打算跟各位一起過去逮捕他們。」

「你怎麼知道他們還沒逃走？」

俊夫又從內袋拿出以包巾包好的包袱，遞給富田先生，說：

「請您瞧瞧。」

富田先生把小豐放下，打開包袱，同時大叫：

「啊，這是妻子帶走的三萬圓！」

「沒錯。接著再看看這個。」

說著，從口袋拿出四張二等車廂的火車票，交給小田刑警。

小田刑警問：

「往神戶的啊，原來如此。不過，你是怎麼拿回三萬圓的呢？」

「我把小豐抱起來，推給他媽媽，趁她生氣的時候，用我帶來的報紙包袱跟她掉包了。別看我這樣，我也研究過怎麼偷東西呢。只是一直沒機會用就是了，以暴制暴嘛，今天晚上終於派上用場了。」

小田刑警誇獎俊夫的機智，又問：

「你怎麼知道他們家在哪裡呢？」

俊夫再次窺視顯微鏡，說：

「在那間屋子的灰塵裡，含有麵粉、鈣粉跟黏土（也就是水泥）粉，所以，應該在麵粉公司跟水泥公司附近，而且是鐵軌經過的地方。我想，只要有這些條件，你們應該就找得到了。」

這時，小田刑警的一名部下立刻回答：

「應該是日暮里。」

俊夫得意地說：

「只要搜尋日暮里的寺廟就行了。」

後來發生什麼事，大家應該都不難想像吧，詳情我就不說了。以阿豐的媽媽為首的三名歹徒，三兩下就被小田刑警他們逮捕了。

深夜的電話

全東京人都認識的名人，是否眞的遭到殺害了呢？如果這件事是眞的，又是誰殺的呢？兇手爲什麼要打電話來呢？我想個不停，想啊想啊，愈來愈清醒了。

恐嚇

知名人士

樹只要大了，打在身上的風自然比較猛烈，風勢愈強，樹木的麻煩也愈來愈多。

隨著少年偵探塚原俊夫的名氣水漲船高，嫉妒、懼怕俊夫的人也愈來愈多，這陣子，幾乎每一天都會收到恐嚇信，接到恐嚇電話。

像是有人來委託俊夫解決某起事件時，不希望事件解決的人，會寄來恐嚇信，想要俊夫抽手。或者是俊夫解決某起事件，獲得高額報酬時，也會有人欣羨不已，提出厚臉皮的要求，企圖分一杯羹。

俊夫根本不在乎這些恐嚇信與恐嚇電話，不過，負責保護俊夫的我，可是擔心地不得了。大家應該還記得我在〈塵埃會說話〉那篇描述的事件吧？自從那起事件以來，我就十分小心，寸步不離地守在俊夫身邊。

真是的，早知道要操這麼多心，不要出名還比較好，不過這也是無可奈何的事。尤其是看到期待事件解決的人們，在事件解決之後歡天喜地的模樣，我只求俊夫每次

深夜的電話

都能成功解決事件。

接著要告訴各位的故事，也是由於俊夫的名氣響亮，才招惹來的奇怪事件。這個世界上，有許多嗜好特殊的人，不過，在這起事件中，我還是第一次碰上這麼特殊的人物。算了，與其花時間廢話這些開場白，不如快點進入事件的正題吧。

那是臨近歲暮的十二月下旬。政府機關跟各大公司都發了年終獎金，正是盜賊在市區及郊外橫行霸道的時節，一天夜裡，我被電話鈴聲吵醒。我往旁邊一看，發現睡在隔壁床上的俊夫似乎正要下床，於是我說：

「你睡吧，我去接就好。」

俊夫說：

「不然我們一起去吧。這種時間打來的電話，一定是找我的。」

我們兩人穿著睡衣，披上外套，前往事務所。為了因應這種情況，我早就提議在臥室安裝電話，問俊夫要不要躺著接電話，不過俊夫說：

「有事找我的人，全都面臨重大的遭遇，我不應該躺著說話。」

不肯聽我的建議。因為些許寒意，我全身微微發抖著，拿起了話筒。

「喂，你是俊夫先生嗎？」

電話的那一頭，是一個明確的男聲。

「不是，我是大野。是俊夫的助手。」

「不好意思，可以麻煩俊夫接聽嗎？這是重大案件。」

這裡要先跟大家解釋一下，我們家的電話有兩個話筒，可以兩個人同時接聽。俊夫聽了對方的話，立刻接替我：

「喂，我是俊夫。請問您是哪位？」

「哦，俊夫先生啊。大事不好了。現在這邊發生了殺人案。」

「什麼？殺人？是誰？在哪裡遇害了？」

「遭到殺害的人，是全東京人都認識的名人。」

「是誰？」

「你猜猜看是誰？」

聽到這句話，俊夫與我面面相覷。報告重大的殺人事件，竟然會說「猜猜看」，確實是侮辱我們的說法。俊夫猶豫了一會兒，不知道該怎麼回答。這時突然傳出男子的笑聲。

「哇哈哈哈哈。」

「俊夫，就算是你，也猜不到吧。」

他換上另一種的口氣，俊夫一時火氣上來。

「什麼？你瞧不起我嗎？」

「欸，別那麼生氣嘛。我想讓你更有名，才會特地在三更半夜打電話給你哦。如果你能解決這起事件，就別說是日本第一了，你會是世界第一的偵探。好好加油哦。聽見了沒？」

「你是誰？」

「我嗎？我啊，就是你們口中的兇手哦。就是殺了全東京人都認識的，那個知名人士的殺人兇手。懂了嗎？所以只要抓到我，你就能成為世界第一的偵探了。不過，就憑你啊，大概是很難抓到我吧。」

「什麼？」

「火氣別那麼大嘛。不出四、五小時，就會有人去跟你報告這起殺人事件了。到時候你再想盡辦法來抓我吧。懂了嗎？好好加油哦。掰囉。」

說完，那名男子便掛上電話。

蒙面盜

俊夫非常嚴肅地對待這通半開玩笑的電話，立刻打電話給中央局[1]，查詢剛才的電話是從哪裡打來的。然後得知是「小石川，八八九二」，他立刻撥給對方。

不過，電話怎麼也打不通。

這時他決定調查這個號碼是誰的電話。結果得知是小石川區春日町二丁目，一名叫做「近藤倫」的美容師。

「現在也只能耐心點，多打幾次吧。」

說著，俊夫大約每隔五分鐘就打一次。大概過了兩個小時，在凌晨三點十分左右，終於有人接電話了。接電話的是一名女子。

「喂，請問是近藤小姐嗎？」

俊夫說：

「大約兩個小時前，妳們那邊打電話給我，請問妳那邊是不是發生了什麼事件呢？」

說著，俊夫詳細說了這邊的地址、姓名，詢問那邊是不是真的有男人，打了前面的電話內容。

沒想到那名女子的回答出乎意料。回答的重點如下。

接電話的女子是近藤倫本人，不過，今晚快要一點的時候，有蒙面強盜撬開後門，闖了進來，她跟女學徒本來想要逃跑，不過三兩下就被強盜制伏了，還讓她們聞了麻醉劑，於是她們全都昏迷不醒，直到聽見剛才的電話鈴聲，好不容易才醒過來。

「如果有男人從我家打給你，我想應該是那個強盜吧。我們這裡根本沒發生什麼殺人事件。女學徒聞了麻醉劑，到現在還睡得很沉。」

她說話的聲音有點不舒服，於是俊夫提醒她，如果有物品失竊，記得向警察報案，便掛上電話。

譯註1　當時的通訊事務由東京中央電信局管轄。

「大哥哥，去睡吧。」

俊夫突然大叫。

「這種時候，想破了頭也沒用。還是靜待事件發展吧。」

「你覺得接下來會有什麼發展嗎？還是單純的惡作劇呢？」

「殺人什麼的可能是假的，不過蒙面強盜闖進近藤家，應該是真的。調查這件事也很有趣啊。」

說完，俊夫很快就鑽進被窩裡。一下子就睡著了。不過，我怎麼也睡不著。全東京人都認識的名人，是否真的遭到殺害了呢？如果這件事是真的，又是誰殺的呢？兇手為什麼要打電話來呢？我想個不停，想啊想啊，愈來愈清醒了。

後來，我總算是睡得迷迷糊糊，聽到訪客的電鈴聲，我嚇得跳起來。俊夫也跟我一樣跳起來。天色已經完全亮了。

訪客正是俊夫口中的「P叔叔」，警視廳的小田刑警。我們忍不住面面相覷。

「P叔叔！」

待小田刑警坐下來之後，俊夫便說：

「您是為了小石川區春日町的殺人事件而來的吧？」

小田刑警驚訝地說：

「咦？你怎麼知道？你也有接到通知嗎？」

「沒有人通知我，只不過，發生了一件奇怪的事。等一下再告訴您，請您先說吧。」

小田刑警開口：

「我昨天晚上值班，兩點左右接到電話，說是春日町一丁目的空屋，有人被殺了，要我們立刻過去查看。對方講完就掛掉電話了，即使是惡作劇，也不能放著不管啊，所以我帶著兩名屬下過去看看，果然有一間空屋，進去裡面一看，對方說的是真的。」

「遇害的是誰？」

「遭到殺害的人，是T劇場的女演員，川上糸子哦。」

「咦咦？川上糸子？」

怪不得俊夫這麼驚訝。之前，川上糸子的昂貴項鍊曾經失竊，委託俊夫幫忙找，俊夫沒讓犯人曝光，只把項鍊找回來。提起川上糸子的名號，在東京可說是無人不知，無人不曉。所以，怪不得打電話來的男子會這麼說。

小田刑警點點頭，接著說：

「我們大致調查了一下，川上糸子好像是遭到毒殺。大概是在其他地方遭到殺害，再搬到空屋裡。不過，比較奇怪的是，屍體仰躺在地，胸口還放著一張名片。那張名片上印的名字，我沒聽過，不過名片的右上方，寫著『謹呈』兩字，左上角竟然寫著你的名字『塚原俊夫』。」

我們再次面面相覷。

「也就是說，要把川上糸子的屍體獻給你的意思。所以我覺得這起事件，多多少少都跟你有關係，打電話取得總監的許可後，決定委託你進行一切的搜查。你沒有意見吧？」

俊夫看來非常亢奮地點點頭。

「非常感謝您。我一定會竭盡全力。如果您有帶那張名片來，可以讓我看一下嗎？」

說著，俊夫伸出顫抖的手。

屍體

無字白紙

小田刑警將手伸進口袋裡，掏出一張紙，對俊夫說：

「這就是放在女演員川上糸子的屍體上那張，寫著謹獻給俊夫的名片哦。」

說著，小田刑警把那張紙翻到背面看了一下，立刻大叫：

「唉呀！」

也怪不得他這大叫。因為，名片的正反兩面都是一片空白，什麼字都沒寫。

「太奇怪了！」

說著，小田刑警又把手伸進口袋裡，不停翻找，卻什麼也找不到。

「P叔叔。」

俊夫大叫。

「那應該就是留在屍體上的名片吧。讓我瞧瞧。」

說著，俊夫接過那張長得像名片的白紙。

「一定是用隱形墨水寫的。您看到的時候，的確寫了字，經過一段時間後，字跡就會消失。請稍等一下。」

留下目瞪口呆的小田刑警，俊夫拿著那張紙，去了隔壁房間，窸窸嗦嗦地不曉得在做什麼，後來終於出來了，他遞給小田刑警的紙上，用紅色的線條畫著「骷髏頭」的圖。

「我剛才把它泡在某種藥劑裡，結果浮現出這張圖。請問這張圖您有印象嗎？」

俊夫還沒說完，小田刑警已經臉色大變。

小田刑警咬牙切齒地說：

「果然是那幫人幹的嗎？」

「咦？」

俊夫以強烈的視線注視著小田刑警。

「老實告訴你吧，俊夫。」

小田刑警壓低了聲音說：

「這件事還沒有公開，莫約十天前，盤踞上海的綁票集團似乎已經潛入東京，警

深夜的電話

視聽已經收到要我們注意的密報。該集團的標誌就是這個用紅線畫的骷髏頭，他們綁票本地的女子，再用神祕的手法把她們帶去上海。

該集團的人馬好像大部分都是我國的人，也會用一些中國人當手下，非但如此，他們還會跟一些我們根本想不到的地方聯絡，巧妙地進行犯罪行為。看來，這張名片為什麼會放在川上糸子的屍體上，可能是因為她拒絕束手就擒，才會遭到殺害吧。無論如何，這都是一起重大案件。」

俊夫一直安靜地聽他說話，這時像是突然想起什麼，開口詢問：

「請問，川上糸子的屍體現在安置在哪裡呢？」

「為了讓你看現場，還維持原狀，放在春日町一丁目的空屋裡。」

「有人看守嗎？」

「我派兩名屬下看守。」

「請問您是什麼時候回到辦公室呢？」

「應該是四點左右。」

「從當時到現在，一直由刑警看守嗎？」

「沒錯。」

「沒時間再磨蹭下去了。」

「為什麼？」

俊夫沒有回答，而是對我說：

「大哥哥，馬上叫車。還要準備出門。」

我打電話叫了計程車。接下來，我們一如往常地做好出發的準備。

不久，車子來了，我們三人搭著車，奔馳在大清早的街頭。寒風撼動街頭的樹木，由於緊張的緣故，我卻是渾身發熱。

綁票集團為什麼要殺害皇城的一流女演員呢？為什麼要特地打電話通知警視廳呢？為什麼又要給俊夫打那種惡作劇電話呢？

我思考著，想要解開這些謎團，只覺得腦袋愈來愈熱了。不過，就別說是我了，對俊夫來說，也是尚待解決的謎題。

俊夫詢問小田刑警：

「您方才說，川上糸子可能是遭人毒殺，是不是有什麼確切的證據，證明是毒殺呢？」

「我們只有大致調查過一遍，還不是很清楚，不過現場沒有流血，也不像是被勒死的，所以我才覺得應該是毒殺。」

「您說那張名片上，除了我的名字跟謹呈之外，還有名片所有人的名字，您還記得那個名字嗎？」

「唔，我剛剛一直在回想，怎麼也想不起來啊。只能肯定我不曾聽過那個名字，第一個字應該是『山』。」

「是不是山本信義呢？」

「啊，沒錯。一定是這個名字。你認識他啊？」

「不只認識，坦白說，前陣子川上糸子的項鍊遭竊，來委託我調查，我得知是山本拿走了，從山本手中取回項鍊哦。事情私下解決了，不過山本卻因此丟了工作。」

「所以說，那個山本記恨這件事，才會殺死川上糸子，寫下把屍骨獻給你，是不是這樣？」

「唔，現在還不知道呢。」

「剛才我還沒問你之前，你好像已經得知春日町發生殺人案了，你是怎麼知道的呢？」

「哦，對了。我剛才有說過要告訴您。」

於是俊夫按照順序，說了深夜男子打來的惡作劇電話，那通電話是從春日町二丁目，一個叫「近藤倫」的美容師家裡打來的，美容師跟一名女學徒住在一起，不過蒙面強盜闖入，讓她們聞了麻醉劑，害她們昏迷不醒，所以電話大概是強盜打來的。

「打電話的男人，是不是你剛才提到的山本呢？」

「唔，我已經不記得山本的聲音了，再說，電話的聲音跟正常的聲音不太一樣，所以我也不是很清楚。」

說著，俊夫陷入沉思。

偷襲

不久，車子停在我們的目的地，春日町一丁目的空屋前。那是離大馬路還有一點距離的地方，屋齡了應該還不到一年的平房。

小田刑警走在前頭，我們則跟在他後面，走進屋裡。屋子只開了一片擋雨窗，裡面有點昏暗，不過，已經可以看清內部發生的情況了。

那是完全出乎我們意料的光景。

小田刑警留下來看守屍體的兩名刑警，嘴巴都被蒙住了，被人綁在柱子上，我們預期中的川上糸子的屍體，則已經不見蹤影。

小田刑警忍不住「啊」地叫了一聲，衝到兩人身邊，解開兩人的繩子，取下蒙住嘴巴的布。

俊夫轉頭對我說：

「跟我想得一樣。大哥哥，川上糸子真的遭到殺害嗎？連這件事都很可疑呢。」

恢復自由的兩名刑警，一臉愧疚地站了起來。

小田刑警問道：

「這是怎麼回事？你們兩個。屍體怎麼了？」

兩名刑警你一言我一語地表示，小田刑警留下兩人離開空屋，莫約十分鐘後，兩名蒙面人突然現身，從背後偷襲刑警們，讓他們聞了某種奇妙的味道，他們就昏了過去，等到清醒過來，才發現兩個人不僅都被綁在柱子上，蒙住嘴巴，就連女演員的屍體都不知道被人搬到哪裡去了。

也許是覺得生氣也徒勞無功，小田刑警用比較溫和的口氣，詢問其中一人：

「有沒有看到對方的長相？」

「他們把臉蒙起來，全身穿黑衣，完全看不到長相。」

俊夫認真地在榻榻米已經掀起的地板上搜索，並沒有發現什麼遺落的線索。

「P叔叔。川上糸子穿著什麼樣的服裝呢？」

「她穿著洋裝，還有皮草外套。」

「你有什麼證據能證明她是川上糸子呢？」

「只需要看一眼就認得出來啦。」

其他兩名刑警也說，躺在他們面前的，的確是川上糸子。

「既然如此，可以請這兩位打聽一下川上糸子昨天晚上的行動嗎？」

小田刑警便吩咐兩名刑警，請他們出發。

終於只剩下我們兩個人，小田刑警問道：

「俊夫，對於這起事件，你有什麼看法？」

「我現在也還不是很清楚哦。說不定川上糸子並不是真的死了，只是陷入假死狀態。但是，這只不過是我的想像罷了。」

「接下來，我們下一步該怎麼搜查呢？」

「我打算先去拜訪美容師，近藤倫。」

「在這段期間，犯人會不會遠走高飛呢？」

「別擔心。如果川上糸子真的死了，他們還有可能拋下屍體潛逃，如果她陷入假死狀態的話，應該會等她醒過來，再帶著她逃亡，逃亡的時候，會小心避免引起別人的注目，所以不需要急著派人搜捕。相較之下，拜訪美容師，一定會得到一些收穫。」

說著，俊夫催促我們兩人，前往春日町二丁目。

線索

小小玻璃瓶

離開春日町一丁目的空房子，我們三人（小田刑警、俊夫和我）很快就造訪二丁目，美容師近藤倫的家。

拉開貼著金色「近藤美容院」字樣的玻璃大門，迎接我們的是老闆，近藤倫女士。她不愧是美容師，容貌美麗姣好，看起來像是還不到三十歲。然而，從她失去血色的雙頰，可以想像昨夜的事件。

俊夫簡單地說明來意，女士立刻帶我們來到漂亮的休息室。

接下來，她請我們喝熱呼呼的茶飲。俊夫凌晨三點十分打電話來的時候，因為麻醉劑還不省人事的女學徒，這時已經恢復正常，為我們送上點心。只不過我們本來就不打算久留。俊夫立刻切入正題，詢問昨夜強盜闖入的始末。

近藤女士與女學徒你一言，我一語地敘述，除了俊夫在電話中問到的內容，已經沒有更多值得注意的事項了。畢竟恐懼過於深刻，而且她們立刻就聞了麻醉劑，甚至連強盜是一個人還是兩個人，都不記得了。更別說強盜還蒙面了，根本看不到長相。

俊夫問：

「有沒有被偷走什麼東西呢？」

「沒有，好像沒有東西被偷走。接到您的電話後，我到處檢查，沒有物品遺失。不僅如此，強盜還留下一個小小的玻璃瓶。」

俊夫熱切地反問：

「咦？玻璃瓶？」

近藤女士告訴女學徒，要她去拿過來。女學徒旋即取來一個小小的綠色玻璃瓶，交給俊夫。

俊夫對著光研究那只瓶子。裡面只剩下一、兩滴液體。接下來，俊夫查看貼在瓶子表面的標籤。那並不是印刷的標籤，用黑色墨水在紙片上寫著：

Gelsemium

這時，俊夫臉上又露出往常那股滿足的微笑。

「這的確是強盜遺落的嗎？」

「是的，我們家有各種化妝水跟藥劑，剛開始，還以為是我們家的瓶子，仔細一看才發現不是。大概是我們其中一人掙扎的時候，蒙面的壞蛋遺失的。正好掉在我們的枕邊。」

這時，小田刑警迫不及待地詢問俊夫：

「這排字寫著什麼啊？」

「這個嗎？這是一種叫做黃素馨的有毒物質。黃素馨是植物根裡的一種生物鹼，可以溶於酒精裡。跟番木鱉素（Strychnine）一樣，味道都很苦，通常是用來治療神經痛的藥品，不過這種毒素有一種不可思議的作用。」

「不可思議的作用，指的是？」

「我沒有親身經驗過，不過美國曾經發生一起有名的華頓．德懷特事件，這起事件的關鍵，就是黃素馨。

德懷特這名男子，為了詐領自己的保險金，服用這種毒物，讓人以為他死了，欺瞞醫生，得到死亡診斷書，取得保險金，隨後再死而復生，用那筆錢過著奢華的生活。那是美國南北戰爭剛結束不久時的事，也是犯罪史上相當有名的事件。」

「所以那個黃素馨可以讓人陷入假死狀態嗎？」

「沒錯。它會對知覺神經及運動神經產生強烈的作用，服用過量可能會導致死亡，只要服用適當的分量，乍看之下可以讓人以為服用者已經死亡，其實可以在事後復甦。」

「嗯嗯。」

小田刑警陷入沉思。

「如此一來，那具川上糸子的屍體，也只是讓我們以為她被殺死了嗎？」

「我沒有親眼看過，沒辦法肯定，不過，她沒有被砍傷，也沒有被勒死，而且屍體還不見了，我之前也說過，川上糸子說不定只是陷入假死狀態。不過，看了這只黃素馨的瓶子，總覺得我的推測應該是正確的。」

她是誰？

近藤女士打從剛才就很認真地聆聽兩人談話，這時，她突然眼睛一亮，問道：

「不好意思，打斷你們，請問川上糸子怎麼了嗎？」

小田刑警回答：

「坦白說，川上糸子在前面二丁目的空屋子裡，遭人殺害了。」

「咦咦！」

女士忍不住大叫。

「您說的川上糸子，是那個女演員川上糸子嗎？」

「沒錯。」

「請問，是不是有什麼誤會呢？」

「剛才發現這只黃素馨的瓶子，說不定她並沒有被殺害。」

「不，我不是這個意思。不管她有沒有被殺，那個女人應該不是川上糸子，而是其他人吧？」

「確實是川上糸子沒錯。」

「可是，川上小姐現在應該去了伊豆山的溫泉。」

聽了這句話，俊夫突然開口：

「我其實不應該說出這種話，坦白說，我昨天才收到川上小姐寄給我的明信片呢。上面寫著今年之內都不會回到東京。」

「咦？真的嗎？」

說著，近藤女士起身走到屋裡，不久便拿來一張明信片。俊夫接過來檢視。

「原來如此，這是前天寄出的信件呢。這是川上糸子的筆跡沒錯。川上糸子跟您的關係很好嗎？」

「嗯，川上小姐每星期一定會來這裡美容一、兩次。雖然最近銀座那邊也開了兩、三家美容院，不過她說那裡經常碰到熟人，很吵，所以都過來這邊。」

「川上糸子最後一次來店的日子，是哪一天呢？」

「出發前往伊豆山的前一天，大約是十天前的事。」

「她經常從伊豆山寄明信片來嗎？」

「沒有，我只收到這一張而已。」

俊夫想了一會兒，又接著說：

「這陣子，有沒有人來打聽川上糸子的消息？」

於是，近藤女士用力點頭。

「話說回來，四、五天前，有個跟川上小姐年紀差不多的人，也來這裡美容，打聽了很多川上小姐的事情。不過，女人都喜歡探聽別人的八卦嘛，當時，我並不覺得奇怪。」

「對方問了哪些事呢？」

「要說是哪些事嘛，一時之間也想不起來了，總之，該問的都問了。」

「請問那是什麼樣的女性？」

「我覺得比較像是女演員吧。」

俊夫站起來。

「P叔叔，既然這樣，我們現在只能先去確認，川上糸子到底是不是還在伊豆山了。」

說著，他看著明信片：

「這裡是伊豆山的相州屋吧。我們先一起去警視廳，打長途電話去相州屋。」

疑雲重重

我借用近藤美容院的電話，招來計程車，車子不久就來了，於是我們跟近藤女士與女學徒道別，趕到警視廳。

抵達目的地之後，先前被綁在春日町空屋柱子上的一名刑警立刻前來迎接我們。

小田刑警問：

「怎麼樣？去過川上糸子家了嗎？」

「是，去過了。不過，看家的老婆婆說，川上糸子十天前就去了伊豆山，現在不在家。」

我們不禁面面相覷。

「好，等一下再跟我報告，你現在馬上打電話去伊豆山的相州屋，問看看川上糸子是不是在那裡，如果她已經離開了，就問她什麼時候離開相州屋。」

刑警走進後面的房間，小田刑警則帶我們前往他的辦公室。我們坐在椅子上，總算有鬆了一口氣的感覺。對一般人來說，在警視廳應該沒辦法放鬆心情，不過我們經常來這裡，覺得這裡就像自己的家，總算能喘口氣，紓解一大早到現在的精神疲勞。

等待電話回報的期間，俊夫跟P叔叔討論今後的搜查方針，我則是閉上眼睛，思考這次的事件。

不過，我愈想愈不明白。川上糸子的屍體被人搶走了，說不定那具屍體並不是真正的屍體，只不過是處於假死狀態，而且，川上糸子本人應該去了伊豆山，總之，我愈來愈迷糊了。

不管川上糸子是不是從伊豆山回來了，這起事件的中心到底是什麼，我還是完全摸不著頭緒。

然而，事件似乎愈來愈複雜了。因為打電話去伊豆山的刑警，大約二十分鐘後回來了，對小田刑警說了以下的話。

「聽說川上糸子還待在相州屋，而且，打從前天開始，她就覺得身體不舒服，一直躺在床上。」

騙局

真假名人

聽到女演員川上糸子還待在伊豆山的相州屋，俊夫跟小田刑警四目相接，看來就連他們都嚇傻了。這也不能怪他們。因為川上糸子昨天夜裡在春日町的空屋裡，即使她可能是假死，都已經化為一具死屍了，卻說她在伊豆山的相州屋，前天晚上就不舒服，躺在床上，如果糸子真的在伊豆山休養，那個糸子就是假的了，不然，在春日町空屋發現的糸子就是冒牌貨。

小田刑警問俊夫：

「哪個才是冒牌貨啊？」

俊夫斬釘截鐵地回答：

「當然是現在躺在相州屋那個，她是冒牌貨。」

「咦？你怎麼知道？」

「冒牌貨應該沒辦法模仿死相跟睡相吧。P叔叔看了春日町空屋裡那個女子的死相，判斷她確實是川上糸子吧。所以，那位是真正的川上糸子。
而且那些歹徒也想讓警方看到川上糸子已經死了。接下來還把她的屍體藏起來，企圖讓事件陷入混亂。」
「他們為什麼要這麼做？」
「這我就不清楚了，他們也有可能是純粹想展現綁票集團的能耐，捉弄警察吧。」
「打電話給你，在糸子的屍體上方放著要給你的名片，也是為了要捉弄你嗎？」
「您說得沒錯，不過，對於這一點，我是不太明白。他們應該也知道，捉弄我有害無益吧。所以我有點懷疑，打電話給我，留下要給我的名片，真的是他們綁票集團的意思嗎？
不過，先別管這些了，現在馬上打電話給熱海警察署，請他們監視相州屋的川上糸子，別讓她逃走了。我現在跟大哥哥一起前往伊豆山，會一會那個冒牌的川上糸子。」
這突如其來的發言，不僅把我嚇了一跳，就連小田刑警都有點吃驚。
我問：

「俊夫，你真的要去伊豆山嗎？」

「對啊，大哥哥。我好久沒去旅行了，正想出門一趟。現在立刻就去東京車站吧。今天晚上可能趕不回來，先打電話回家報備一聲。」

小田刑警問：

「我這邊需要做什麼安排呢？？」

「只要冒牌糸子還待在相州屋，綁票集團就不會逃跑。」

「你真的認為那是冒牌的糸子嗎？」

「如果不是冒牌貨，而是本人的話，那就沒什麼好擔心的啦。剛才，據近藤女士表示，四、五天前，一個跟川上糸子年齡相仿，看似女演員的女子去美容，問了很多糸子的事，所以待在伊豆山的應該是那個女人吧。」

相信大家都很清楚，一旦俊夫說出口，絕對不會輕易退讓。我想，俊夫特地跑一趟伊豆山，肯定是有什麼目的吧。於是我們向小田刑警道別，前往東京車站。

跟小田刑警告別的時候，俊夫說：

「請先跟熱海的警察說，我要去伊豆山的事。」

伊豆山

雖說是冬季，這天卻是個風平浪靜，天氣晴朗，萬里無雲，溫暖得像春天的日子。不過，火車窗外的山林景色，卻是一片荒涼，隨處都能看到今年剛割下來的稻草，堆得像一間小屋的模樣，與遠山的白雪，構成一幅寂寥的風景。

這是一場久違的旅行，俊夫望著窗外，看似稀奇地眺望著不斷飄移的風景。過了大船車站，就能看到相模灣的大海，這也是東海道線的絕美勝景之一。源實朝[2]還留下有名的詩句：「越過險惡箱根路，便見伊豆廣闊海，亦見白浪捲波濤，拍打離岸渺小島。」

環繞伊豆的海上風光，不管是相模之海，還是駿河之海，總呈現筆墨難以形容的美景。大家應該也讀過《太平記》[3]中，俊基朝臣[4]「東行」那一段吧。「竹下之路窒礙難行，自足柄山巔俯瞰大磯小磯，側面浪花已打在不動（神社）處，此行雖不急促……。」紫色的浪花持續不間斷地打在大磯一帶的海岸，洗淨在京都蒙塵的腦袋。

後來，我們終於抵達國府津車站。富士山披著白衣裳，聳立在遠方。我們讚賞著它的雄偉英姿，想到以前在這裡搭乘前往小田原的電車，抵達小田原之後，立刻搭乘前往熱海的輕便鐵道，輕便鐵道的外型比較老派，有如史蒂文生發明的蒸氣火車，如今已經換成氣派的電車了。

那時，電車開在斷崖上，經常讓人心驚膽跳，擔心是否會翻覆。我們終於還是來到目的地——伊豆山。站在伊豆山腳下的車站，眼前便是一望無際的海洋，後方則是長滿蒼翠樹木的山巒。前往相州屋的路上，必須往下走一段漫長的石階。俊夫指著前方，橫亙於微帶暮色的海中的島嶼，說：

「那就是初島哦。」

海岸沒有白砂，稍嫌美中不足，又想到這一帶湧出澄澈的溫泉，也只能包容這些

譯註2　一一九二—一二一九，鎌倉幕府的第三代征夷大將軍。
譯註3　日本的歷史文學作品，描述南北朝時期的戰亂。
譯註4　日野俊基，生年不詳—一三三二，鎌倉時代的公卿。

缺點了。在這些溫泉旅館之中，有一家擁有號稱東洋最大的浴池，名氣十分響亮，那就是我們正要前往的相州屋。不知不覺中，我已經把事件拋在腦後，心思都被這一帶的風光與溫泉奪走了。

突然有一名員警朝我們走過來，我心頭一驚，停下腳步。

員警對俊夫說：

「請問您是塚原俊夫嗎？」

俊夫回答：

「我就是。」

仔細一瞧，左手邊就是相州屋的玄關。

「聽說今天早上，川上糸子還在這裡，不曉得什麼時候離開了。」

聽完之後，俊夫竟然不覺得訝異。

「這樣啊。我想她應該也不在了。不過沒關係，我過來這裡，主要是想調查川上糸子待過的房間。」

說著，俊夫就在員警的引領之下，進入相州屋。

歸納女服務員與掌櫃的話，川上糸子大前天的傍晚說想要散步去熱海，就出門了，當天夜裡很晚才回來，第二天，也就是前天起，便說身體不舒服，一直躺在床上。今天早上接獲東京的來電時，她確實還在房裡，後來，不知道什麼時候失蹤了。

俊夫對我說：

「大前天傍晚以前的是真正的川上糸子，當天夜裡晚歸的，是冒牌貨。」

「聽說今天有東京打來的電話，大概覺得警察已經查到這裡了，才會逃跑吧。可是帶行李出門太可疑了，她一定是兩手空空偷跑的。這就是我的目標。從行李當中，或是在房間的角落，應該找得到線索，可以得知綁票集團的下落。」

暗號

於是我們被帶到川上糸子之前停留的房間。行李還放在房間裡，俊夫用手電筒的光線檢查，大部分都是川上糸子本人的所有物。

俊夫認真地檢查行李箱與書桌，突然從化妝台的小抽屜裡，取出一張小紙條。那是一張長三寸、寬一寸的紙張，表面寫著記號一般的文字。

俊夫臉上突然浮現開心的表情。接著，默不作聲地秀給我看。紙上寫著以下的文字。

So Bo Fa Pa，Ha Ka Aa Ci Ne Hu，Ha Fe V Bu Nu。

我用羅馬拼音的方式，把它們唸了一遍，可是完全不知道那是什麼意思。跟在後面的員警也覺得稀奇，湊過來瞧一瞧，他當然不可能知道這是什麼意思。

我問：

「俊夫，你已經解出這個暗號了嗎？」

「不，還沒有。不過我想啊，只要把它解開，大概能得到什麼重要的線索吧。喂，大哥哥，我們去泡個溫泉，沖沖溫泉瀑布吧。」

我吃驚地反問：

「咦？泡溫泉？」

「既然冒牌的川上糸子已經逃跑了，綁票集團不會跟著逃跑嗎？」

「可是我們又不知道綁票集團在哪裡，要怎麼捉人呢？泡溫泉是為了解開這個暗號哦。讓溫泉的瀑布打一打，一定能想到什麼好主意。」

於是，我們去泡了東洋最大的浴池，也就是千人澡堂。然後也去沖了溫泉瀑布。

俊夫開心地嬉戲，看起來根本沒在想暗號的事，不過，仔細一看，還是可以發現他的眼睛布滿血絲，心底拚命地思考。

不久，俊夫一個人走進溫泉瀑布底下，任泉水打在肩膀上，突然大聲叫：

「大哥哥，大哥哥。」

我立刻衝過去盯著他。

「怎麼了？」

「我解出來了。解出來了哦。我知道暗號是什麼了。」

說著，俊夫開心地跳了起來。

奇怪的文字

恍然大悟

俊夫從溫泉瀑布底下衝出來，急急忙忙擦拭身體，很快就把衣服穿好了。接著，他從口袋裡，取出剛才在川上糸子房間裡找到的暗號紙條，秀給我看。這時，我跟俊夫一樣，都穿好衣服了。

那張紙條上寫著莫名其妙的文字，

So Bo Fa Pa，Ha Ka Aa Ci Ne Hu，Ha Fe V Bu Nu。

俊夫相當興奮地說：

「大哥哥，這個暗號乍看之下很像羅馬拼音，對吧？不過，用羅馬拼音來唸，又不知道是什麼意思。可是呢，這個跟羅馬拼音差不多，很容易就能發現，這個大小寫的兩個字母組合，是用來搭配日文假名的。

所以呢，大寫的S、B、F、P、H、K、A、C、N、V，相當於ア行、カ行，也就是指アカサタナハマヤラワン其中某行的子音，小寫字母一定是正常的母音aiueo。除了aiueo，就沒有其他變化了，所以一定沒錯。接下來呢，只要決定大寫字母相當於哪一行的子音就行了。這就是解開這個暗號最困難的地方了。

乍看之下，實在是摸不著頭緒。所以我讓溫泉瀑布打一打，一邊思考。有人在思考的時候，會用拳頭敲頭呢。那的確是個好法子。所以我也試試看，讓溫泉瀑布打在我的頭上。

結果呢，大哥哥，我突然想到溫泉瀑布是一種水，水的化學分子式是H_2O。這時，我恍然大悟。然後我在腦袋裡不斷思考這些大寫字母，這才想到S、B、F還有其他大寫字母，不都是化學的元素符號嗎？也就是說，S是硫，B是硼，F是氟，P是磷，H是氫，K是鉀，A是氬，C是碳，N是氮，V是釩。

大哥哥！這下就差不多解出來了。幫我拿個鉛筆。在元素符號中，只有一個字的是A、B、C、F、H、I、N、O、P、K、S、W、U、V。

接下來要面臨的問題是，哪個是ア行，哪個是カ行，不過這也差不多解開了。一定是按照原子量的大小來排序。所以它的順序就是，嗯，要寫下來才知道呢。」

說著，俊夫寫下這些元素的原子量。俊夫的記憶力好強，看到還是讓人忍不住嚇一跳。

「從小到大排列，也就是H、B、C、N、O、F、P、S、K、A、V、I、W、U，所以一定是這樣。

H……ア行
B……カ行
C……サ行
N……タ行
O……ナ行
F……ハ行
P……マ行
S……ヤ行
K……ラ行

A……ワ行

V……ン

所以呢，Ha是ア，Hi是イ，Hu是ウ，He是エ，Ho是オ。Ba是カ，Bi是キ，Bu是ク，Be是ケ，Bo是コ。

就是這樣，懂了吧。接下來套進暗號，So是ヨ，Bo是コ，Fa是ハ，Pa是マ，Ha是ア，Ka是ラ，Aa是ワ，Ci是シ，Ne是テ，Hu是ウ，Ha是ア，Fe是ヘ，V是ン，Bu是ク，Nu是ツ。

也就是說，把它重新一次，就是『ヨコハマ、アラワシテウ、アヘンクツ』，『橫濱，荒鷲町，阿片窟』了……」

說完之後，俊夫露出勝利的微笑。我則是嚇呆了，根本說不出話來，不久，終於開口問：

「哦哦，所以你的意思是說，綁票集團的根據地是橫濱荒鷲町的阿片窟嗎？」

「沒錯。看來我猜中了。來到伊豆山，真的能找出這群歹徒的巢穴。

接下來，只要逮捕他們就行了。大哥哥，馬上打電話給警視廳，找P叔叔吧。」

一網打盡

好了，各位讀者，接下來當然應該敘述逮捕歹徒的場景了，不過很遺憾，我不在現場，沒辦法介紹詳情。所以我把前往逮捕的小田刑警跟俊夫說的內容，整理如下。

「……你從伊豆山打電話給我之後，我馬上帶了幾個幹練的刑警去捉人哦。我們先去橫濱的警察署，報告情況，他們也派了幾個人協助。於是我們獲得重大援助，趁著夜色包圍阿片窟了。

這個荒鷲町，是唐人街裡的一區，平常治安就很不好。警察早就盯上這裡了，不過聚在這裡的都是一些亡命之徒，平白無故去捅蜂窩，只會白白受傷嘛，所以警方也是睜一隻眼，閉一隻眼。

不過，這次的情況就不一樣了，可沒辦法放水了。橫濱警察局也是抱著孤注一擲的心態，準備大戰一場。

到了荒鷲町，發現對方也不是蓋的，阿片窟那伙人，馬上就發現警察來了，想從祕道逃走，可是警察早就研究過了，守在祕道的出口，來一個抓一個。

綁票集團那伙人當然也在其中，只不過，在一大群中國、日本的男男女女之中，根本不知道誰是綁票集團的人，帶到警察局之後，也不知道該怎麼質問，幸好其中一個警察發現讓你抱憾的那個山本信義，突破信義的心防，他才坦白供出綁票集團的成員。

這次，他們會被一網打盡，全都是因為山本信義，綁票集團那伙人恨死他了。

這是因為，以骷髏頭為標誌的上海綁票集團，這次來到東京的目的，乃是為了把女演員川上糸子綁架到上海，打算讓她當女主角，拍一部電影。並且用天價出售這部片子。

總不能透過正式管道跟川上糸子溝通吧，所以他們用強硬的手段，打算把她帶走。事情辦完之後，他們當然計劃把糸子送回來。

只不過，綁票集團那幫人，偷偷來到東京之後，打聽各種消息，計劃如何把糸子擄走，正好聽說山本信義偷走糸子的項鍊，被你發現，還丟了工作，從此對你和糸子懷恨在心的事。

山本這個男人呢，雖然名叫信義，卻是個不可思議的男人，一經調查，還發現他有竊盜前科。山本信義其實是假名。綁票集團認為要是能讓山本加入，對於綁架糸子之事勢必是如虎添翼，於是找到山本的下落，跟他說這件事，山本二話不說，就答應成為這群壞蛋的同伙了。

後來，他們研究了各種綁架糸子的方法，發現糸子去了伊豆山的溫泉，他們當然不可能放過這個機會，於是擬定了綁票的計劃。

要實施這個計劃呢，就是在綁票糸子之前，要先打造一個糸子的替身。幸好，在這群壞胚子裡，也有女人，於是讓她當替身，派她去糸子常去的春日町美容院研究。當時應該是山本帶那個女人去的，他當然沒進去，而是在外面徘徊，等她出來。

後來，那個女人在近藤那邊研究糸子的模樣跟其他細節，終於打扮成糸子的模樣，前往伊豆那邊，選在糸子去熱海散步的時候，在海岸把她捉住，立刻將她送到船上，到了船上，又替她注射黃素馨，讓她陷入假死狀態。然後讓糸子的替身回到相州屋，第二天推說身體不舒服，直接躺著休息。也就是說，這是不讓替身被人識破的手段。

另一方面，儘管歹徒可以直接將陷入假死狀態的糸子帶回去，不過他們有一種詭異的迷信，他們相信一件事，只要讓警察看過那具假死的軀體，半路就不會被逮捕，達成目的，於是計劃將假屍體帶到春日町的空屋，讓我們瞧瞧。

因此，你也加入這起事件，最後將他們的計劃破壞殆盡了。

綁票集團本來打算等到糸子的替身回來就出發，當他們正要動身之時，警察卻出手了。

川上糸子一直處於假死狀態哦。他們把她的身體放在廉價的行李箱裡，運到東京，又運到別的地方，使用元素符號，又用了黃素馨，沒想到還是這麼迷信，坦白說，這也是犯罪者的特徵。

總之，在你的活躍之下，川上糸子平安回來了，綁票集團也被逮捕了，真是可喜可賀……。」

各位，這起事件就這麼解決了。這件事甚至還沒上報紙就結束了，一般大眾根本不知道川上糸子竟然遭遇這麼可怕的事。然而，在這起事件中，俊夫還有一件不明白的事，他們為什麼要讓警察看見糸子的假屍體呢？

俊夫笑著說：
「我沒發現竟然是因為迷信的關係。」

現場的照片

小田刑警從口袋中取出以白紙包裹的照片。掀開白紙一看，裡面有好幾張4X6的照片。俊夫像是看到什麼好東西似的，飛快地拿出來，逐一檢查。照片以屍體爲中心，從前後左右及上方，拍攝房間裡的情景。

凶殺案

那一年的春天，一直處於嚴寒的狀態，塚原俊夫偶爾會跟我說一些讓人聽了不舒服的話，像是「不要又發生大地震就好啦」之類的話。幸好，沒發生什麼重大的天災地變，到了五月，天氣很快就變暖了，實驗室前的杜鵑花同時盛開了。

一天午後，俊夫從紫外線裝置的房間裡，一臉無聊地走出來說：

「大哥哥，天氣冷的時候，比較不會發生什麼重大的犯罪呢。」

「不要發生犯罪事件比較好吧。雖然俊夫會覺得無聊，不過對世人可是一件麻煩事呢。這個星期天氣突然回暖了，說不定犯罪事件又會增加了吧。尤其是像淺草Y町的股票經紀人凶殺案，一旦事件陷入膠著狀態，說不定會有追隨者模仿，跟著殺人呢。」

「啊，沒錯，沒錯。」

俊夫突然熱切地說：

「那起股票經紀人凶殺案已經兩個星期了，還沒找到兇手吧。警察到底在幹什麼啊。既然有人被殺了，不就一定有人殺人嗎？」

「這也是沒辦法的事嘛。我們是平凡人嘛，又不是神明。不過，關於那起事件，你有什麼想法嗎？」

「沒有，我已經了解一件事，就是最近的報紙，會隨著時間經過，胡亂鬼扯一些內容，沒來委託我的事件，我就不會深入研究囉。」

這時，正好有訪客，我去開門，來者不是別人，正是「P叔叔」，也就是警視廳的小田刑警。

「P叔叔，好久不見。」

俊夫一臉開心地衝到小田刑警身旁。

「你一定帶了不錯的伴手禮吧。最近啊，我閒得發慌，都沒事做呢。」

「我這個伴手禮可不僅是不錯，還是一份大禮哦。」

說著，小田刑警在桌子前的椅子坐下來。

「哦，好高興啊。」

說著，俊夫在實驗室裡跳來跳去。所謂的「伴手禮」，當然是來委託他解決事件了。不久，俊夫終於坐下來，小田刑警便開口：

「所謂的伴手禮，為的不是別的事，而是淺草Y町的股票經紀人凶殺案。」

我們忍不住四目交接。

我說：

「我剛剛才跟俊夫聊到這件事呢。」

小田刑警問：

「那麼，俊夫，請問你看過報導，研究過這起事件嗎？」

「沒有，我完全不知道詳情。不過，不是有找到某個涉嫌重大的人嗎？」

「唔，那個人啊，檢察署已經嚴密地偵訊過了，他完全不肯招供。不過，又沒有什麼證據，大家都不知道該怎麼辦。所以我們想麻煩俊夫，幫我們找證據。」

俊夫說：

「請您詳細說明事件的經過吧。」

現場的照片

嫌犯

四月二十日凌晨二時許，有人發現淺草Y町的股票經紀人——鈴木泰助，在家中遭到某人殺害。發現者是一同住在泰助家的助手——甚吉，當天夜裡，他在泰助的命令之下，十一點多離家，去高田老松町的篠田家跑腿，篠田家正好沒人在家，於是他在門口等到凌晨一點多。

即使等到那麼晚，還是沒有人回來，最後他終於放棄跑腿，回家一看，老闆泰助竟然趴伏在後面房間的棉被上，全身染血，已經斷氣了。

看到這個情景，甚吉嚇得腿都軟了，立刻到附近的派出所報案，不久，警視廳搜查班的人就趕過來了，立刻拍攝幾張現場的照片，接下來再按照程序，開始搜查。

被害者是鈴木泰助，今年五十五歲，妻子由於肺疾之故，這幾年都待在片瀨療養，夫妻倆沒有小孩，跟今年二十五歲的助手甚吉住在一起，白天兩人都去日本橋兜町的店裡，總是忙到很晚才回家，三餐都在店裡解決，所以也沒僱用女傭，算是只有男人的家庭。

屍體穿著睡衣，面朝下趴倒在棉被上。將他翻成仰躺後，睡衣前方跟被單都染成鮮紅色。血液來自左側心臟的傷口，從傷口研斷，應該是被人拿銳利的短刀刺的。除此之外，沒有其他傷口了，所以被害者應該是被刺了一刀就倒下了，沒有什麼打鬥的跡象。

此外，附近沒有找到殺人時使用的凶器，可以立刻得知並不是自殺。還有房間角落的小型櫥櫃的小抽屜被人撬開，裡面已經空無一物，可以推測兇手應該是為了錢財而殺人。

不過，警察並沒有發現其他的證據，於是將甚吉視為嫌犯，將他逮捕，進行偵訊。那天夜裡，甚吉一如往常，跟老闆一起離開兜町的店，十點半左右回到家。結果老闆突然想起一件要事，跟他說：「今天夜裡一定要把這封信送去給老松町的篠田先生，再把他的回覆帶回來給我。」便遞給他一封書信，然而，對方不在家，所以他大約離家三個小時。

根據醫生的鑑定，他遇害的時間應該在十二點前後，如果甚吉一直在篠田家門口，等到凌晨一點，應該可以洗清他的嫌疑，不過篠田家就別說了，也沒有其他人能證明他的清白。只不過，當天夜裡的一點半以前，篠田家的人全都不在家，這也是一個事實。

經過逐步調查，發現夜間十一點半左右，也就是派甚吉出門跑腿之後，被害者泰助立刻前往附近的澡堂。因此，凶案發生的時間，一定是在十一點半到十二點之間。入口格子拉門的門鎖好端端的，而且沒有打鬥的痕跡，表示兇手一定是被害者認識的人物。所以，警方認為甚吉是最有力的嫌犯。

調查兜町店裡的人員行動，也沒有什麼可疑的人物，除此之外，也調查了金錢關係，並沒找到什麼可疑的人物。

後來又發現一件事，加深了甚吉的嫌疑，他最近老是趁老闆不在的時候去花天酒地，欠了一屁股債。

即使找到各種情況當證據，並沒有他就是兇手的直接證據。像是他的衣服沾到血跡啦，或是殺害老闆的凶器是他的所有物啦，又或者是在小櫥櫃的小抽屜上，發現他的指紋啦，沒有指紋就算了，又或著小抽屜裡的錢在他身上，總之，根本找不到這一類的證據。

另一方面，警方也懷疑是否為專業竊賊所為，針對這方面詳細調查，卻沒有斬獲。還有，先前沒提到的屍體解剖結果，也沒找到什麼新的線索。

於是，過了五天，過了十天，到今天已經兩個星期了，甚吉怎麼也不肯招供，所以還沒找到真正的兇手。

照片

說完，小田刑警吁了一口氣，啜飲我端給他的茶水。刑警說話的期間，俊夫臉上浮現緊張的神色，像是怕漏聽了哪一句話，這時，他才平靜地說：

「請讓我看看現場的照片。」

小田刑警從口袋中取出以白紙包裹的照片。掀開白紙一看，裡面有好幾張４Ｘ６的照片。俊夫像是看到什麼好東西似的，飛快地拿出來，逐一檢查。照片以屍體為中心，從前後左右及上方，拍攝房間裡的情景。

「被害者很胖呢。」

俊夫喃喃自語，並仔細地檢查每一張照片，來來回回看了好幾遍，同時一直在思考。

不久，小田刑警詢問：

「怎麼了？從照片裡有沒有找到關於兇手的線索呢？」

俊夫微微一笑，說：

「有啊。」

這個「微笑」就是俊夫每回找到新的線索時，都會露出的笑容。我想俊夫已經找到有力的證據了。

俊夫又接著說：

「我發現兩、三件事，不過，我想警方大概已經知道了。」

「舉例來說，像是哪些事呢？」

「舉例啊。像是兇手跟被害者認識。」

「剛才我已經跟你說了。」

「還有，兇手是從被害者的後方，以環抱的方式，刺進他的心臟。」

小田刑警驚訝地問：

「你怎麼知道？」

「很簡單啊。請看這張照片，」

他拿起其中一張照片：

「被害者的腳伸向枕頭的方向，頭朝向睡衣疊起的方向，呈趴伏的姿勢。這是因為兇手從背後抱住坐著的被害者，以短刀刺進心臟，接著用力推他的背，讓他往前趴倒。」

「可是，如果解釋成從正面刺殺，這個見解也沒有什麼問題吧？」

「是的。不過，如果是從正面刺殺，就會順勢開始打鬥。可是這裡沒留下打鬥的痕跡，也就是說，被害者是乖乖被殺的。所謂的乖乖被殺，就是遭到突襲，在完全沒有預兆的情況下遭到殺害。此外，如果是從正面刺殺，鮮血就會飛濺，兇手自然會踩到血液，榻榻米勢必會沾到血跡，不過，從照片看來，鮮血完全沒有濺到榻榻米上。」

「你說得很有道理。」

小田刑警以非常敬佩俊夫推理的口吻說：

「不過，從背後以環抱的方式刺殺，還能刺中心臟，這樣有點奇怪啊。短刀的傷口不是應該在右胸口嗎？」

「沒錯，這就是關鍵。」

俊夫以勝利者的姿態說：

「您說得沒錯，如果兇手是右撇子，刺中心臟的確很奇怪。因此，我推測刺中心臟，而且還是從背後以環抱的方式刺殺，兇手應該是左撇子的男性。」

「咦？左撇子？原來如此。那麼，只要檢查甚吉是左撇子還是右撇子就行了。」

「沒錯。如果甚吉是右撇子，請立刻釋放他吧。」

「好，我現在就打電話去檢察署問問看。」

「根本不用打電話啦。」

「為什麼？」

「就算甚吉是左撇子，他也不是犯人。」

「怎麼說？」

「十一點離開淺草的家，來到老松町的甚吉，怎麼可能在十二點左右回家，殺害老闆呢？」

「可是，說不定甚吉中途折返啦。」

「不過，老闆並不知道篠田家沒人在家的事，他肯定也不知道。要是對方有人在家，很快就會被人發現啦。再說，他有把那封信交給你們吧？」

「有。」

「你們先瞧一瞧吧。」

「所以你認為兇手不是甚吉嗎？」

「不是甚吉。」

「兇手另有其人？」

「對啊。」

「你知道兇手是誰嗎？」

「我不知道，只是推測而已。」

「是誰？」

「現在還不能說哦。」

俊夫露出狡猾的表情說：

「我現在要去調查一下，兇手是不是已經逃跑了，還是依然厚著臉皮，在附近一帶徘徊，你們兩個在這裡等，等我回來哦。」

小田刑警終於目瞪口呆地說：

「你要去哪裡？」

「P叔叔，不行哦。只要我不想說，打死我都不會說的哦。」

這時，我總算開口說：

「俊夫，你一個人出門好嗎？我陪你一起去吧。」

「不要。」

俊夫阻止我。

「我不是要去什麼危險的地方，別擔心。不過，如果兇手還在附近徘徊的話，今天夜裡，要請大哥哥大顯身手，逮捕他哦。」

「真的沒問題嗎？」

「不要緊的。」

回答後，他對小田刑警說：

「P叔叔，我出去的這段期間，為了保險起見，請您查一下，甚吉是右撇子還是左撇子吧。」

說完，俊夫就活蹦亂跳地出門了。

真相

俊夫離開之後，小田刑警非常感慨地說：

「真是的，那孩子還真可怕啊。」

他說得沒錯，俊夫竟然能在短短一個小時內，就發現連警察和檢察署花了兩星期都沒搞清楚的事，甚至還知道兇手是誰，怪不得小田刑警現在還要大為感嘆一番。

每次聽到有人讚美俊夫，我都覺得比別人讚美我自己還高興，於是我跟著附和：

「真的，他比天才還厲害。」

「好了，來打給檢察署吧。」

說著，小田刑警找來承辦的檢察官，聊了一陣子，大約十五分鐘過後，對方回報，甚吉是右撇子。

小田刑警嘆了一口氣，說：

「俊夫說的果然沒錯，甚吉應該不是兇手。」

我問：

「那麼兇手到底是誰呢？從俊夫說的話裡，根本不知道是誰呢。」

小田刑警雙手盤胸，想了一會兒，然後吐出這句話：

「我也不知道。」

後來，我們想破了腦袋都想不到，所以就放棄了，開始閒話家常。

隨著太陽西沉，天色愈來愈暗了，俊夫還沒有回來。我覺得有點不放心，還出門看了兩、三次。俊夫如果晚歸，應該會打電話給我，所以我更擔心了。

終於到了晚上八點。這時，一輛車子停在門口，我馬上衝出去，果然是俊夫回來了。

走進屋裡，俊夫說：

「P叔叔，讓您久等了。您一定餓了吧？大哥哥，請準備晚餐吧。吃完再慢慢聊。」

他的聲音充滿活力，我認為俊夫已經成功完成調查作業了。

用餐期間，不管我們怎麼追問，壞心眼的俊夫都沒有回答。不過，吃完飯後，他以嚴肅的聲音說：

「P叔叔，殺害股票經紀人的真凶，應該會在今晚十一點半左右，經過Y町。」

「咦？你怎麼會知道這種事？兇手是什麼人？」

「在逮捕他之前，請您稍安勿躁。我們十點再出門就行了，出門之前，來聽個廣播吧。」

我十分期待，不知道等一下要逮捕什麼人呢。雖然我的腦袋不如俊夫，功夫可不輸他，是柔道三段。

我天馬行空地想像著，今晚要去逮捕兇手的情景，心不在焉地聽著當天晚上廣播播放的筑前琵琶[1]跟浪花節[2]。

逮捕

時間即將來到晚間十一點，我們三人佇立在Y町，發生殺人事件的房子屋簷底下，等待犯人經過。

壞心眼的俊夫不肯跟我們說誰是兇手，每次聽到腳步聲，我都會心驚膽跳。只要兇手經過，俊夫就會跟我打暗號，所以一看到暗號，我就會撲上去。

中年女子、戴方帽的學生、從澡堂回來的紳士，有幾個人經過了。四周一片漆黑，儘管如此，藉著遠處屋子的燈光，路人還是知道我們站在這裡。已經有兩、三個人，覺得我們站在這裡很可疑，一直盯著我們看。

小田刑警語帶擔心地問：

譯註1　初始為盲僧彈奏的琵琶曲，後來發展為以女性為中心的家庭樂曲。

譯註2　以三弦琴伴奏的說唱表演。

「這樣沒問題嗎？俊夫。兇手會不會發現我們站在這裡，在我們抓他之前先溜走呢？」

俊夫充滿自信地說：

「別擔心，完全不用怕。」

到了十一點半，路上再也不見人影。遠處傳來狗叫聲，那聲音非常響亮。十二點就快到了。

俊夫喃喃自語：

「怪了，他應該來了啊，還是走其他路了？」

這時，另一頭隱約傳來按摩師的笛子聲。

俊夫說：

「哦，按摩師要來了。」

按摩師吹著淒涼的笛子聲，踩著高腳木屐，以枴杖摸索，往這邊走過來。

「問問那個按摩師吧。」

於是俊夫筆直走到他身邊。

「喂，按摩師！」

「請問有什麼事？」

「沒事，我不是要找你按摩。請問你知不知道，殺了這個股票經紀人的兇手是誰？」

「為、為什麼……」

這時，俊夫拍掉按摩師的枴杖。

「你想幹嘛？」

說著，按摩師光著腳丫，轉頭就想跑。

俊夫把他拖住，跟我說：

「喂，大哥哥，快上。」

我反問：

「俊夫，按摩師有什麼罪嗎？」

「大哥哥，你是大笨蛋！你沒看到這個按摩師用左手拿枴杖嗎？」

我恍然大悟，全都想通了。聽了這句話，小田刑警也察覺按摩師就是兇手，跟我一起撲上去。

經過幾分鐘的纏鬥，我們總算把按摩師制伏了。

第二天，小田刑警來道謝，俊夫說：

「從照片中看到被害者很胖，以及睡衣在一旁摺得好好的，我就在想，被害者去了澡堂，是不是還請人來按摩呢？十一點半，正好是按摩師經過的時刻。後來，又看到屍體的位置，被害者坐在棉被的角落，被人從後方以環抱的方式殺害，還有兇手是被害者認識的人，於是推測被害者是在按摩的時候遇害。

昨天，我去打聽，誰是在這一帶走動的按摩師。雖然費了我好一番工夫，最後還是有打聽到他的住處。於是，我在按摩師家附近等他出門，我的運氣不錯，他很快就出門了。仔細一看，他用左手拿枴杖，所以判斷他是左撇子。

他應該覺得社會大眾不會懷疑兇手竟然會是按摩師，厚顏無恥地每天晚上出門，而且面不改色地走在同樣的地區。

咦？什麼？他已經招供了嗎？果然是謀財害命啊。眼睛都瞎了，竟然還能縝密地犯下凶行呢。我看一定有前科吧？咦，真的有啊。還有，P叔叔，下次見到甚吉，請轉告他，今後別再去花天酒地，出入複雜的地方了……」

作者簡介

小酒井不木（こさかい ふぼく，一八九〇—一九二九）

日本推理小說家、醫學者。愛知縣出生，本名小酒井光次。一九一一年進入東京大學醫學部就讀，畢業後曾任東北帝國大學醫學部助理教授，又赴文部省之命前往歐美深造，為當時生理學研究領域的世界權威之一。留學期間，除了鑽研各類醫學研究之外，也廣泛接觸海外推理文學，返鄉後以其獨到的醫學視角結合犯罪主題，陸續於雜誌《新青年》發表犯罪研究和海外推理小說譯介，後結集成《毒及毒殺研究》、《殺人論》等論文集問世。一九二五年開始將寫作觸角延伸至偵探小說創作，作品取材自醫學，又擅於描繪人體如何被破壞、分析人物精神病理等，風格冷徹而奇魅，屬於日本偵探小說界「變格派作家」之一，代表作品包含〈人工心臟〉、〈戀愛曲線〉、〈愚人之毒〉、〈屍體蠟燭〉等。一九二九年因結核病逝於名古屋，遺稿由同為推理小說家的摯友江戶川亂步編輯成《小酒井不木全集》出版。

HINT 1

深夜的電話

藏在細節裡的暗號，小酒井不木的科學主義推理短篇集

作　　者　小酒井不木
譯　　者　侯詠馨
策　　劃　好室書品
特約編輯　陳靜惠、盧琳
校對協力　黃子瑜
封面設計　劉旻旻
內頁排版　洪志杰

發 行 人　程顯灝
總 編 輯　呂增娣
資深編輯　吳雅芳
編　　輯　黃子瑜、藍匀廷
　　　　　蔡玟俞
美術主編　劉錦堂
美術編輯　陳玟諭、林榆婷
行銷總監　呂增慧
資深行銷　吳孟蓉
行銷企劃　鄧愉霖

發 行 部　侯莉莉
財 務 部　許麗娟、陳美齡
印　　務　許丁財
出 版 者　四塊玉文創有限公司

總 代 理　三友圖書有限公司
地　　址　一〇六台北市安和路二段二一三號四樓
電　　話　(02) 2377-4155
傳　　真　(02) 2377-4355
電子郵件　service@sanyau.com.tw
郵政劃撥　05844889 三友圖書有限公司

總 經 銷　大和書報圖書股份有限公司
地　　址　新北市新莊區五工五路二號
電　　話　(02) 8990-2588
傳　　真　(02) 2299-7900

製版印刷　卡樂彩色製版印刷有限公司

初　　版　二〇二一年四月
定　　價　新台幣三八〇元
ISBN　978-986-5510-61-9（平裝）

國家圖書館出版品預行編目 (CIP) 資料

深夜的電話：藏在細節裡的暗號，小酒井不木的科學主義推理短篇集 / 小酒井不木著；侯詠馨譯 .-- 初版 . -- 台北市：四塊玉文創，2021.04　面；　公分 . --
(HINT：1)
ISBN 978-986-5510-61-9(平裝)

861.57　　110003361

廣 告 回 函
台北郵局登記證
台北廣字第2780號

地址：　　縣/市　　鄉/鎮/市/區　　路/街

段　　巷　　弄　　號　　樓

三友圖書有限公司 收

SANYAU PUBLISHING CO., LTD.

106　台北市安和路2段213號4樓

SANYAU 三友圖書 讀書俱樂部

「填妥本回函，寄回本社」，即可免費獲得好好刊。

粉絲招募歡迎加入
臉書／痞客邦搜尋
「四塊玉文創／橘子文化
食為天文創
三友圖書－微胖男女編輯社」
加入將優先得到出版社
提供的相關優惠、
新書活動等好康訊息。

四塊玉文創╳橘子文化╳食為天文創╳旗林文化
http://www.ju-zi.com.tw
https://www.facebook.com/comehomelife

【黏貼處】對折後寄回，謝謝。

親愛的讀者：

感謝您購買《深夜的電話：藏在細節裡的暗號，小酒井不木的科學主義推理短篇集》一書，為感謝您對本書的支持與愛護，只要填妥本回函，並寄回本社，即可成為三友圖書會員，將定期提供新書資訊及各種優惠給您。

姓名＿＿＿＿＿＿＿＿＿＿ 出生年月日＿＿＿＿＿＿＿＿＿＿

電話＿＿＿＿＿＿＿＿＿＿ E-mail ＿＿＿＿＿＿＿＿＿＿

通訊地址＿＿＿＿＿＿＿＿＿＿＿＿＿＿＿＿＿＿＿＿

臉書帳號＿＿＿＿＿＿＿＿＿＿ 部落格名稱＿＿＿＿＿＿＿＿＿＿

1 年齡
□ 18 歲以下 □ 19 歲～ 25 歲 □ 26 歲～ 35 歲 □ 36 歲～ 45 歲 □ 46 歲～ 55 歲
□ 56 歲～ 65 歲□ 66 歲～ 75 歲 □ 76 歲～ 85 歲 □ 86 歲以上

2 職業
□軍公教 □工 □商 □自由業 □服務業 □農林漁牧業 □家管 □學生
□其他＿＿＿＿＿＿

3 您從何處購得本書？
□網路書店 □博客來 □金石堂 □讀冊 □誠品 □其他＿＿＿＿＿＿
□實體書店＿＿＿＿＿＿

4 您從何處得知本書？
□網路書店 □博客來 □金石堂 □讀冊 □誠品 □其他＿＿＿＿＿＿
□實體書店＿＿＿＿＿＿
□ FB(四塊玉文創 / 橘子文化 / 食為天文創 三友圖書－微胖男女編輯社)
□好好刊 (雙月刊) □朋友推薦 □廣播媒體＿＿＿＿＿＿

5 您購買本書的因素有哪些？（可複選）
□作者 □內容 □圖片 □版面編排 □其他＿＿＿＿＿＿

6 您覺得本書的封面設計如何？
□非常滿意 □滿意 □普通 □很差 □其他＿＿＿＿＿＿

7 非常感謝您購買此書，您還對哪些主題有興趣？（可複選）
□中西食譜 □點心烘焙 □飲品類 □旅遊 □養生保健 □瘦身美妝 □手作 □寵物
□商業理財 □心靈療癒 □小說 □繪本 □其他＿＿＿＿＿＿

8 您每個月的購書預算為多少金額？
□ 1,000 元以下 □ 1,001 ～ 2,000 元 □ 2,001 ～ 3,000 元 □ 3,001 ～ 4,000 元
□ 4,001 ～ 5,000 元 □ 5,001 元以上

9 若出版的書籍搭配贈品活動，您比較喜歡哪一類型的贈品？（可選 2 種）
□食品調味類 □鍋具類 □家電用品類 □書籍類 □生活用品類 □ DIY 手作類
□交通票券類 □展演活動票券類 □其他＿＿＿＿＿＿

10 您認為本書尚需改進之處？以及對我們的意見？
＿＿＿＿＿＿＿＿＿＿＿＿＿＿＿＿＿＿＿＿

感謝您的填寫，
您寶貴的建議是我們進步的動力！

【黏貼處】對折後寄回，謝謝。

HINT

HINT